HOMENS PRETOS (NÃO) CHORAM

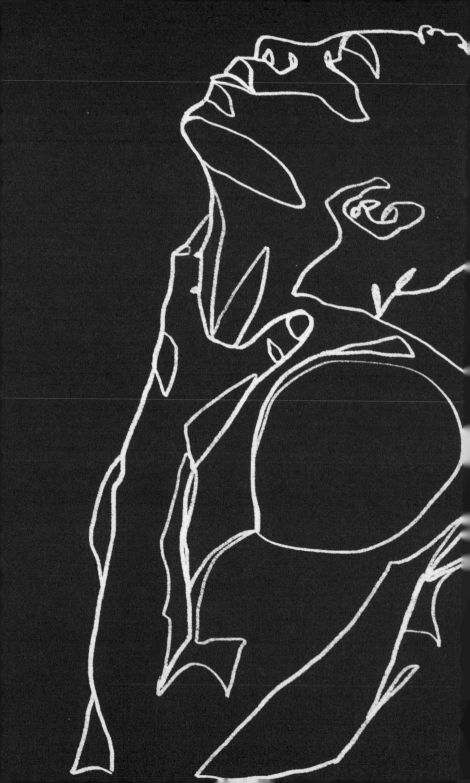

HOMENS PRETOS (NÃO) CHORAM

STEFANO VOLP

Rio de Janeiro

2024

Copyright © 2022 por Stefano Volp.

Todos os direitos desta publicação são reservados à Casa dos Livros Editora LTDA. Nenhuma parte desta obra pode ser apropriada e estocada em sistema de banco de dados ou processo similar, em qualquer forma ou meio, seja eletrônico, de fotocópia, gravação etc., sem a permissão dos detentores do copyright.

Diretora editorial: Raquel Cozer

Coordenadora editorial: Malu Poleti

Editoras: Chiara Provenza, Diana Szylit

Assistência editorial: Mariana Gomes

Copidesque: Amanda Schnaider, Carolina Candido

Revisão: Lorrane Fortunato

Capa, projeto gráfico e diagramação: Editora Escureceu

Foto do autor: Victor Vieira

As imagens utilizadas nesta edição estão sob domínio público.

Os pontos de vista desta obra são de responsabilidade de seu autor, não refletindo necessariamente a posição da HarperCollins Brasil, da HarperCollins Publishers ou de sua equipe editorial.

Rua da Quitanda, 86, sala 601-A — Centro
Rio de Janeiro, RJ — CEP 20091-005
Tel.: (21) 3175-1030
www.harpercollins.com.br

Dedico esta edição ao meu pai,
Israel de Souza, que se foi durante
a pandemia, no final de 2020.

Este livro foi idealizado e escrito durante um período de **isolamento social** por conta de uma pandemia global.

Resolvi chamar estes contos de *quarentênicos* porque quero me lembrar que, mesmo em meio ao mais profundo caos, é possível **florescer**.

prefácio
à primeira edição

Por Sérgio Motta

Meu pai, um homem negro de pele escura, nasceu no interior da Bahia em 1943. Foi criado entre oito irmãos, também negros, em uma cidadezinha do interior chamada Monte Santo. Seu nome, Joaquim Gaudêncio da Motta.

Monte Santo não tem esse nome à toa. No alto da serra que margeia a cidade fica o Santuário da Santa Cruz e a Romaria de Todos os Santos. Fiéis sobem o monte para agradecer e fazer pedidos e esse é o único grande evento que ocorre na cidade. Meu pai não teve escolaridade alguma, era analfabeto, mas sabia "de cor e salteado", como ele mesmo dizia, todas as rezas católicas.

Meu pai, Joaquim, negro de pele escura, foi criado para enxergar o mundo como um branco. Tradições católicas enraizadas, nomes europeus, filho de uma Maria — também negra, também de pele escura. "Macumba é coisa do diabo", ele dizia.

Joaquim veio para São Paulo em busca de mais oportunidades, passou pelos diversos setores que o operariado permite, mas acabou deixando, ainda jovem, as experiências que acumulou para ajudar o irmão mais novo, que tinha acabado de abrir o próprio negócio: um boteco em Diadema. Por mais de trinta anos, meu pai trabalhou para o próprio irmão por um salário-mínimo.

Com apenas três folgas por ano — Natal, Ano Novo e Sexta-feira Santa —, ele agradecia, mais uma vez, ao catolicismo em sua vida, que o permitia descansar no nascimento e na morte de Jesus Cristo e no início do ciclo determinado pelo papa Gregório XIII. Ele acordava sempre às 4h20 da manhã, saía de casa às 5h, pegava o primeiro ônibus às 5h10 e o segundo às 5h35. Às 6h25 chegava no bar para lavar o chão, a louça, limpar o balcão, as mesas e fazer o café. Às 7h, erguia a porta. Só saía às 18h, quando meu tio assumia o bar até fechar.

Eu nasci em São Paulo, em 1993. No final dos anos 90 e início dos 2000, em alguns fins de semana ou durante as férias, eu acordava às 4h20 para passar o dia com ele no bar. Um dia, após pagar, um freguês disse: "Falou, negão!". Quando ele saiu, outro chamou meu pai e perguntou: "Quinquinha, não te incomoda que te chamem de negão?". Meu pai respondeu: "Vou achar ruim se me chamarem de alemão".

Negro de pele escura, meu pai sabia a cor de sua pele, mas ele não sabia que, por ser negro, não adiantava moldar sua vida em uma cela imposta pelos brancos, pois ele nunca sairia dali.

Não importava quantas vezes meu pai rezasse o Pai Nosso: ao trabalhar de domingo a domingo, doze horas por dia, por um salário-mínimo, ele estava muito mais longe dos brancos do que imaginava. Não pelo trabalho em condições precárias, análogo à escravidão, mas porque meu pai se submeteu a isso por acreditar no sonho do irmão mais novo e porque vê-lo ter sucesso o deixaria feliz.

Eu cresci no Jardim Miriam, periferia da Zona Sul de São Paulo, divisa com Diadema, sem saber que era um homem negro. Nasci filho de um pai negro de pele escura de cinquenta anos com uma mãe branca de trinta e sete. Minhas irmãs tinham treze e dezesseis anos de idade. Quando eu tinha dois anos, todos, exceto eu, trabalhavam fora. Minha irmã mais nova trabalhava menos horas e cuidava de mim após a escolinha. Eu era um filho com duas irmãs dos mesmos pais e duas mães, sendo que uma delas tinha só treze anos.

Não cresci sozinho, é claro, mas eu estava entre dois amigos que não convergiam entre si. O único ponto em comum era minha amizade. Esses amigos, a relação entre nossas famílias e minha rua, de forma geral, formavam uma metáfora social precisa que me deixava cada vez mais confuso sobre a minha identidade.

Explico: a rua era um aclive bem longo e eu morava na casa 405, exatamente no meio. Quanto mais para baixo fosse, mais o metro quadrado desvalorizava, mais se mostravam os barracos de tijolos expostos, as escadas tortas, os portões de latão enferrujados. Lá era onde morava meu amigo negro de pele escura, filho de pais pretos de pele escura com duas irmãs pretas também de pele escura. Quanto mais para cima fosse, mais se aproximava dos sobrados com garagem e carpete, dos comércios do bairro, dos pontos onde passavam ônibus que iam para os grandes terminais e para as estações de metrô, para onde o futuro estava. Lá morava meu amigo branco, loiro de olhos azuis, cujo pai era alemão, mecânico de aeronaves que trabalhava para uma grande companhia aérea, enquanto a mãe era sulista, descendente de holandeses e portugueses.

Já eu, com quatro pessoas trabalhando em casa, ainda que ganhando pouco, tinha uma somatória que me possibilitava morar à meia altura dessa rua.

A mãe do meu amigo negro era doméstica; o pai, pedreiro. Ambos, em algumas ocasiões, trabalharam na minha casa, contratados pela minha mãe branca. Minha mãe branca, por outro lado, como cabeleireira, prestava serviços para a família do meu amigo branco. Eu passei a maior parte da minha vida não me enxergando como negro. Negro era meu pai, que era *negão* — e não alemão. Negro era meu amigo, que era Silva, não Motta como eu, e tinha menos acessos e oportunidades que eu. Branca era minha mãe, que podia contratar os pais do meu amigo negro para trabalhar em casa. Branco era meu amigo que tinha pai alemão — e não negão — e estudava em escola particular.

Quem era eu?

Confesso que convivia mais com meu amigo branco do que com o negro. Da mesma forma, minha mãe branca nutria uma relação muito mais próxima com a mãe branca do meu amigo branco do que com a mãe negra do meu amigo negro. Era normal frequentarem a casa uma da outra ou passarem horas conversando no telefone. Na minha concepção, uma relação de amizade, como a que eu tinha com ambos os garotos.

Lembro quando, um dia, eu estava na rua com a mãe branca do meu amigo branco e questionaram-na, com um estranhamento nítido, se ela era minha mãe.

Eu mesmo expliquei: "Ela é amiga da minha mãe". Ela, então, corrigiu: "Na verdade, a mãe dele é minha cabeleireira".

Lembro também que minha mãe branca, quando eu estava com meu amigo negro, incumbia-o de cuidar de mim, como um trabalho, enquanto isso nunca aconteceu com meu amigo branco, com o irmão mais velho dele ou sequer com a mãe dele. Percebo hoje a problemática disso, mas ainda bem que ela o fez. Ainda que eu convivesse menos com ele, quando eu precisava, quem estava lá era meu amigo negro de pele escura. Ele dizia: "O que você precisar, tamo junto, mano" e completava: "É nóis!".

"É nóis!"

Quem estava lá para me abraçar, sem vergonha ou hesitação, mostrando que estava comigo, era meu amigo negro. Inclusive, quando meu pai se foi. Como Emicida, ele sabia que *Tudo que nóis tem é nóis*. E é sabendo que eu sou porque somos que sei o que sou.

A relação da família do meu amigo branco com a minha resumia-se em conveniência. O mesmo acontecia com minha mãe branca em relação à família do meu amigo negro, mas entre mim e ele, era nóis. E só é nóis, porque, entre nóis, nóis fortalece os sonhos e objetivos um do outro. Nóis recupera tudo aquilo que tentaram tirar da gente: nossos valores; nossas religiões; nossas famílias; nossos traços; nossos nomes.

Nóis precisa se sacrificar muito mais, é verdade. É preciso andar muito mais, encarando uma subida íngreme e cansativa, para chegar nos comércios e pontos de ônibus que levam para as oportunidades, para as possibilidades de futuro. É pelo "nóis" que, mesmo vivendo em um país que nos violenta e nos mata todos os dias, ainda somos maioria.

Nas próximas páginas de *Homens pretos (não) choram,* você encontrará, em contos, as mais tênues linhas sobrevivências de homens negros. Vivências essas violentadas direta e indiretamente, sufocadas por uma sociedade branca, para que se adaptem a ela... e se adaptem em vão, pois elas não nos aceitarão.

A força deste livro não está, no entanto, na melancolia ou na sensibilidade com que Volp aborda essas questões. Não está em uma frase, um personagem ou uma crônica. Está no coletivo, no todo, na união, na reunião, no abraço, na crença, em tudo, em nóis. *Homens pretos (não) choram* é nóis. Nele, leio meu pai, leio meu amigo, leio a mim. Lembro-me da primeira vez em que vi meu pai chorar pelo irmão dele, meu tio. Lembro-me de quando chorei pelo meu pai. Lembro-me de quando meu amigo chorou comigo. Lembro, também, de todos os sorrisos que compartilhamos. Este livro é ubuntu. É, porque somos. Essa é a mensagem mais poderosa que Volp poderia nos passar.

Desejo a todos uma boa leitura, e, com orgulho de poder escrever este prefácio, mando um salve para Stefano Volp. O que precisar, tamo junto, mano.

É nóis!

O pranto interior dos homens **pretos**

Por Jeferson Tenório

Por muto tempo, acreditei que a literatura não poderia nos salvar de nada. Recusava-me à ideia de que a ficção pudesse ter essa característica salvacionista, ou que pudesse ser confundida com textos rasos de autoajuda. Acreditava que a literatura operava num outro tempo mais complexo e subjetivo e que, portanto, não se apresentava como uma bengala, apoio ou abrigo. No entanto, olhando para meu passado, olhando para todas as vezes que me impediram de ter acesso aos meus sentimentos e anseios mais profundos, posso afirmar que foi a literatura que me salvou de uma vida pobre de espírito e que me permitiu construir instrumentos e mecanismos internos capazes de discordar da vida.

Ao ler *Homens pretos (não) choram*, tive a impressão de estar sendo salvo pelas palavras. Resgatado por histórias repletas de homens negros olhando pra si, com delicadeza e honestidade. Há anos, somos submetidos a todo tipo de violência e, desse modo, somos sequestrados pelo excesso de realidade. É a literatura que nos resgata e nos traz de volta à vida. Mesmo a vida dura e difícil — mas não há realidade tão dura que não mereça ser sonhada. E chorar é um tipo de sonho para aqueles que carregam um certo deserto interior, e é também um tipo de coragem naturalmente vista como fraqueza dentro de uma sociedade patriarcal.

Porém, para um homem negro, o ato de chorar adquire uma outra camada: a de resistência. Se o riso é um modo de resistir, aqui nestas narrativas o pranto também é. O pranto é uma renovação do instante porque materializa as mágoas, as dores e as alegrias. Chorar é também uma atualização da ancestralidade. É trazer o tempo sagrado dos mais velhos para os olhos. O pranto é a consagração dos que se arriscam a enfrentar os próprios infernos. No entanto, homens negros não tiveram essa chance, como diria Frantz Fanon.

As histórias de Volp estão repletas de idas e vindas de nossos infernos. Visitar nossos interiores é um direito humano. A interdição à subjetividade provocada pelo racismo é uma pequena morte, pequenos assassinatos cotidianos. Volp subverte essa lógica com delicadeza e lirismo, demostrando um domínio exemplar da técnica narrativa e que nos leva aos interiores mais sombrios da alma humana. Nos entrega histórias inquietantes como a de um pai que vai até as últimas consequências para tentar entender por que não consegue chorar, como acontece no conto "Seco".

Aliás, a relação paterna é outro aspecto importante

neste livro. No conto "Meia-noite" temos a metáfora de gerações e gerações de pais e filhos vítimas de um sistema racista que empurra homens negros para a brutalidade e a incomunicabilidade afetiva. Volp traz com muita segurança a história de filhos negros que precisaram olhar para o próprio pai e perceber que os traumas não podem seguir adiante. Portanto, precisam ressignificar a paternidade. Tornar-se pai de si mesmos e propor uma outra paternidade mais amorosa e que preserve os laços humanos.

Homens pretos (não) choram é a representação da luta pela dignidade. Da conquista pelo direito de existir. É também um acerto de contas com uma sociedade racista que procura sistematicamente desumanizar pessoas negras. Uma luta que passa por um homem negro tentando vender sua poesia no metrô do Rio de Janeiro, no conto "Bilola", ou ainda pela discussão dos conflitos e desejos da sexualidade do homem negro, como no conto "Barba".

No entanto, a história que talvez tenha me deixado mais impactado foi "Dona tagarela", pois ali vemos todos os fantasmas de um policial negro durante uma sessão de terapia. Ao relatar uma conversa tensa e honesta, o narrador nos põe dentro de uma investigação psicológica, levando-nos para os subúrbios da alma sem julgamentos ou moralidades. Impossível não lembramos de Dostoiévski ou mesmo de Edgar Allan Poe. Além disso, a ambiência e a complexidade de temas que giram em torno da ideia de poder e violência doméstica ecoam, num certo sentido, as discussões trazidas por James Baldwin e Toni Morrison.

Stefano Volp é seguramente uma voz potente e importante neste mosaico de autores e autoras negras que emergem com força no cenário da nova ficção brasileira. *Homens pretos (não) choram* ajuda a compor uma outra história do Brasil contada pela literatura, uma história que, muitas vezes, foi invisibilizada por estratégias de silenciamento. Aqui o leitor vai encontrar um pranto interior, identificar-se com ele, não só porque se trata de homens negros em situações limites, mas porque estamos diante de um pranto existencial, um pranto que nos une a todos e mostra que é da precariedade da vida que emerge a mais absoluta beleza de se continuar vivo, respirando e com água nos olhos.

seco

Os dedos de Heleno agarraram a pia em desespero. Enrugados, pretos e trêmulos, aqueles dedos tinham mais de setenta anos. As mãos que bateram continência por tantas vezes, agora sentiam a vida perpassá-las. As pálpebras fechadas. O assomo de dor esticando-se por dentro do corpo por longos segundos. Então, o alívio.

De pouquinho em pouquinho, Heleno recobrou os sentidos. A morte ainda não o tinha encontrado. Contudo, ela permanecia à espreita, brincando de esconde-esconde em algum canto do antigo lar.

Heleno sempre gostara de manter tudo sob controle. Só voltou a olhar para o reflexo no espelho quando dominou a respiração novamente. Foi preciso coragem para encarar a própria carcaça envelhecida. Não a coragem que sempre dissera ter na vida. Uma outra, menos brutal. Uma que combinasse com sua aparência oca e fadada às loucuras do fim de sua existência.

Os dedos passaram da pia para o armarinho e recolheram todos os vidros marrons lotados de comprimidos. Heleno enfiou-os na lixeira. Foda-se. Tinha chegado no fim. Não queria mais saber de soluções humanas para impedir reações naturais.

Heleno era bom em brincar de esconde-esconde, tanto em se esconder quanto em perseguir. No pique e na vida, ninguém poderia enganá-lo. A morte? Escondida em silêncio debaixo da pia da cozinha, ficaria ali até que coisas mais urgentes fossem acertadas.

Os raios de sol entravam pela janela do quarto, reluzindo nas medalhas penduradas e nos porta-retratos sobre a escrivaninha de mais de cinquenta anos. Cada elemento do pequeno cômodo em seu devido lugar, tudo milimetricamente arrumado. Ali, Heleno preparou papel e caneta e, finalmente, escreveu o primeiro rascunho do testamento.

Riscou tudo no meio do caminho. Amassou até que virasse uma bola de papel. Outra tentativa. Não. Outra e mais dezenas de outras até a sensação de satisfação. Ainda assim, ficou em dúvida antes de assinar e terminar a tarefa adiada por tantos anos. Percorria a folha com a tinta da caneta pela última vez. Nunca mais repetiria tal gesto. Finalizar a carta com seu nome simbolizava uma despedida da vida. Pelo menos tinha alguém para repassar suas conquistas táteis, mas e as da alma? Quem poderia nomeá-las? O que levaria para o outro lado? Quão frustrante tudo parecia! Atravessar o portal da morte deixando um corpo gasto e desprovido de um sentimento que valesse a pena. Queria lágrimas silenciosas. Um riscado molhado no rosto. Uma emoção. Um pingo, ao menos.

Angustiado, Heleno deslizou pelo rosto os dedos gastos. *Até um manequim é feito de alguma coisa por dentro*, pensou. Eco. Vácuo. *E eu? De que sou* feito? Longe do mundo, o velho quis chorar pela falta de respostas, mas, além de não saber como fazê-lo, não se lembrava de um único dia em que tivesse chorado.

Transferiu o peso do corpo para a cama de casal. Discou o número no celular. Tamborilou os dedos sobre o lençol. O telefone chamou, mas ninguém atendeu. Já estava prestes a desistir quando…

— Pai?

A voz do filho parecia um resgate para sua alma seca e destinada à solitude.

— Ah. Oi, filho. Tá no trabalho?

— Tô… mas tudo bem. Aconteceu alguma coisa? — Perguntou o filho preocupado.

Heleno bem quis dizer, mas as palavras soariam de forma incabível. *Melhor não.*

— Negativo. Ó, eu te ligo depois, pra não incomodar.

— Não. Pera, segura aí.

Heleno saboreou a preocupação do filho, enquanto aguardou-o retornar. Nem percebeu que os dedos se fechavam com força e repuxavam o lençol da cama.

— Pronto. Pode falar, pai. Aconteceu o quê?

— Eu não sei se eu vou saber falar.

Um silêncio tenso dominou-os. Heleno confiou que o filho o fizesse desistir daquele vexame, mas…

— Ué, tenta. O senhor já fez o milagre de ligar.

Heleno suspirou. Molhou a garganta com saliva. Repassou as palavras em mente.

— Eu vou perguntar uma coisa, mas, se parecer bisonho, você releva. A carcaça tá velha.

— Ahn. O senhor tá tomando os remédios?

— Ô filho, você se lembra de alguma vez que o teu pai se apresentou de… digamos, de uma forma mais… expressiva?

O filho emudeceu. O pai em uma batalha secreta para encontrar as palavras.

— Como assim, pai?

— Vocês sabem que eu não sou muito de sensibilidade.

— Sei, mas e aí?

O velho balbuciou em uma tentativa de reformular a pergunta, mas continuar parecia uma tarefa impossível. Quando, por fim, se cansou, fechou os olhos e deixou a pergunta escapar:

— Quando foi a última vez que você me viu chorar?

Por que o filho fazia tantos silêncios?

— Pai, aconteceu alguma coisa?

Aconteceu. Aconteceu que eu não sinto nada.

— Às vezes, eu acho que eu queria conseguir chorar, sabe? — Heleno não podia explicar o quão mais leve ficou depois de falar. Um peso desprendido das costas. Podia continuar. — Eu achava que podia ficar mais tocado quando estivesse pra bater as botas. Mas nem isso.

— Que bater as botas, pai? Que história é essa?

Heleno suspirou entediado. O filho não entendia que a morte se escondia debaixo da pia da cozinha. Não era uma inimiga.

O testamento. O maldito testamento que a Evelyn tanto insistiu pra eu escrever. Balançou a cabeça em desistência.

— É bisonhice, isso. Deixa. Toca o barco aí. Eu falei, tô velho.

— Pai — chamou o filho.

A palavra dita era capaz de ressuscitar Heleno. Ser pai, a única remanescência.

— O senhor não é de chorar, mas a gente também não conviveu tão perto. Eu não lembro.

— Mas e naquelas férias de Arraial quando você se perdeu da gente? Lembra? A gente achou que ia perder você, o único filho macho.

Do outro lado da linha, André sorriu meio constrangido.

— Pai, naquele dia, quem chorou fui eu, de tanto que o senhor me bateu.

Silêncio por um tempo. Heleno não se lembrava disso.

— Negativo. Eu nunca levantei a mão pra bater em vocês.

Mais uma vez, André sorriu constrangido. O tom de voz

se amansou, como quem não quer discutir com um velho próximo da partida.

— Por que o senhor não viu isso com a Evelyn primeiro? Ela vai saber melhor do que eu. É melhor eu voltar aqui.

— Não, deixa. Eu acho que nem a sua mãe ia lembrar disso.

— Tá um pouco tarde pra minha mãe dizer, né?

Heleno sentiu a garganta secar. Deixou os dedos escorregarem pelo lado da cama em que sua esposa costumava deitar-se. Perdeu a noção do tempo.

— Eu vou lá. Depois eu te ligo.

— E... você? — a pergunta escapou pelos lábios de Heleno. — Você se lembra da última vez que chorou?

O filho sorriu. Um riso diferente. Puxara aquilo da mãe. Heleno não sabia fazer daquela forma.

— Sim. É um pouco idiota. Foi vendo o Luquinhas chorar vendo *Frozen*. Ele já tá entendo as coisas, mas ainda é tão bebê.

Silêncio outra vez. Um bolo se avolumando na garganta do pai.

— E como que é?

— Chorar? — perguntou o filho em um misto de preocupação e pena. — Agora é tarde, pai. Não dá pra explicar. Você nunca vai saber.

Podia ser bem naquele momento. Um vislumbre de emoção chegou a perpassar Heleno, mas ele não soube como lidar com a sensibilidade e o vislumbre voou pela janela do quarto, desfazendo-se no ar.

— Bom trabalho, filho.

Heleno desligou o celular, observando os sentimentos pela janela. Teve a ideia de arrastar-se até o espelho do banheiro outra vez. Não para recuperar os remédios, mas para testar. Isso. Testar máscaras. Encarou a própria face preta e pálida. Puxou os lábios e sorriu. Repuxou as bochechas em caretas. Desenhou um beiço de choro nos lábios. Sentido! Enrugou a testa. *Cara de homem*! De repente, nada mais fazia sentido e ele voltou para a máscara já natural às suas feições: a da apatia.

Mesmo assim, fez panquecas. Distribuiu quatro pratos e copos pela mesa. Ainda deu tempo de fazer uma jarra de suco de acerola até a campainha tocar. Animado, Heleno deu um trote de militar aposentado e abriu a porta para a visita.

— A benção, pai — pediu Evelyn, uma mulher negra e espaçosa, de peruca na cabeça, blusa roxa e fala rápida.

— Ué? Cadê os gêmeos?

Evelyn beijou a testa do pai e entrou agitada.

— O Rodrigo levou os dois no médico. Até doença eles resolveram ter juntos agora, ao mesmo tempo. Conjuntivite.

Esbaforida, a filha caminhou até cozinha e notou todo o trabalho do pai para um café da manhã daqueles.

— Ah, você fez panquecas? Eles iam amar.

Heleno, com o peito cheio de saudades dos netos, notou a surpresa melancólica nos olhos da filha.

— O Rodrigo traz os dois pra cá depois da consulta — sugeriu Heleno. — Tá todo mundo de férias.

— Pai, conjuntivite é uma doença contagiosa. O senhor quer mais um problema de saúde?

— Eu? Eu vou morrer a qualquer minuto, Evelyn.

Não olhe muito pra direção da pia.

Evelyn sentou-se em uma das cadeiras e deu três soquinhos na mesa, que nem ao menos era de madeira.

— Muito engraçado, senhor Heleno — disse, irônica. — Tá tomando os remédios?

Heleno não responderia àquela pergunta chata. Escolheu a cadeira oposta à da filha. Um de frente para o outro.

— Terminei o testamento.

— Ah, sério? Que bom, pai. Quer dizer, um momento chato, né?

— Foi fácil. Acho que eu deixei pra vocês o que cada um queria.

— Contanto que eu não fique com a fazendinha, tá tudo certo.

Evelyn levou as mãos à jarra de suco e depositou alguns goles no copo, mas, quando notou o que havia no olhar do pai, ela se desconsertou e acabou sujando a mesa.

— O quê? O senhor... ah, não, pai! Não é possível!

— Você adorava brincar na fazendinha quando era menina, Evelyn.

— Pai, isso tem séculos! — ela ralhou. — Eu odeio aquela fazenda. Os meninos não vão pra lá de jeito nenhum! Por que o senhor não fez como minha mãe falou?

— Eu achava que a fazenda seria boa pra sua família, filha.

Evelyn parecia não acreditar. Prestes a explodir de vez, alguma coisa a fez travar. Ocupou a boca com o copo de suco. Bebeu tudo. Usou guardanapos para limpar a sujeira da mesa. Quando voltou a falar, respirava com mais calma.

— Pai, se o senhor dividir, como minha mãe falou mil vezes, vai ser melhor pra todo mundo, ok? Ela conhecia a gente.

Heleno assentiu.

— Eu já não lembro direito.

— Eu posso ajudar o senhor.

— Queria que você me ajudasse com outra coisa, filha.

— Ah, pronto.

Tudo de novo. *Não. Dessa vez serei direto.*

— Você acha que tem algum problema em homens que choram?

— Ué. Como assim, pai?

Evelyn encarou-o como se tentasse desvendar de qual galáxia tinha vindo aquela pergunta. Ele continuou:

— Às vezes, eu acho que nunca chorei. Em toda a minha vida. Eu juro que eu não lembro de nenhum dia.

A pergunta caiu na cozinha como um difusor de incômodos. Os dois embarcaram em um silêncio desconfortável. O barco de Evelyn devia estar furado, porque os olhos dela logo ficaram marejados.

— Naquele dia, eu achei que o senhor ia chorar. As nuvens cinzas, a grama molhada, o jeito que ela sorria mesmo morta. O cheiro da saudade. Se o senhor não chorou no enterro dela... se nem o remorso faz o senhor chorar...

— Sua mãe adorava falar de perdão, mas ela nunca me perdoou — defendeu-se como podia. — Ela me largou, me abandonou. Você queria que eu chorasse?

A filha respirou com calma.

— Minha mãe não abandonou o senhor, pai. Foi o senhor que se prendeu aí dentro, que se abandonou.

As duas últimas frases de Evelyn repetiram-se como um eco perturbador aos ouvidos de Heleno. Acusavam-no. Revelavam-no. Sufocavam-no.

Evelyn não demorou para ir embora. Quase nunca aparecia e não ficava por muito tempo, ainda mais se desacompanhada dos gêmeos.

Heleno aproveitou a amizade com o silêncio para cobrir o chão do quarto com fotos e cartas, mas foi uma tarde muito longa, porque cada foto antiga contava uma história diferente e ele fazia questão de se lembrar do que podia. Queria tanto achar as próprias lágrimas perdidas entre as caixas, boletins escolares, saudades... Quando a tarde caiu, Heleno começou a cantarolar *Está Difícil Esquecer*, do falecido Tim Maia. Era uma das poucas músicas de que gostava.

Não foi nada em vão
Não foi nada sem querer
E é por isso, irmão
Está difícil de esquecer!

Enquanto cantava, Heleno bailava com a esposa uma última vez, relembrando um dos dias mais memoráveis. Ana usava o mesmo vestido florido que ele agora prensava no corpo, na tentativa de trazê-la de volta.

Amei sem razão
Amei, de verdade
Perdi sua mão
Perdeu, que saudade!

Desengonçado que só, Heleno dançou com as solas dos pés sobre as memórias de sua vida espalhadas nos tacos do quarto. Depois, recolheu as taças da sala e as medalhas, os certificados e a farda militar do quarto. Enfiou tudo em uma grande caixa com uma despedida carregada de culpa.

A marca ficou, ficou
Bem marcada
A vida virou, virou
Maltratada

Encheu uma taça de vinho. Bebeu. Arriscou novos passos de dança mesmo sem levar jeito.

Minha vida agora é tão vazia
E ruim
Não faça ao outro o que você fez
Pra mim!

Então, uma faca reluziu sobre a pia da cozinha e as palavras da canção desapareceram. Heleno obedeceu ao chamado. Pôs uma tábua de madeira sobre a bancada de mármore e apoiou uma cebola nela. Hesitante, desferiu o primeiro corte.

Aguardou.

O segundo corte na cebola foi quase gentil.

Esperou.

Os olhos arregalados, mas ainda sem sentir.

Mais um corte.

Seria ali, a qualquer momento. Elas viriam. Ele sabia.

Aguardou, mas... nada.

Então, era um otário. Um velho otário. O filho tinha razão: ele nunca saberia.

Mas voltou a cortar a cebola. Cortou outra vez. Mais uma.

A cebola reclamou dos golpes cada vez mais fortes e descuidados.

Os olhos angustiados do homem transformando-se em nuvens de desespero. Ódio. Cortou. Cortou a pele. Cortou os dedos. Um pequeno jato escarlate esguichou em seu rosto.

Calou a dor. Cortou. Cortou em golpes intensos e repetidos até picotar toda a mão.

A faca caiu.

Perto dos olhos, respingos de sangue escorreram feito lágrimas.

O mais perto que ele poderia chegar.

1,2,3, Heleno.

Então, a morte saiu debaixo da pia da cozinha e descolou a alma do corpo sobre uma poça de sangue.

náo seque

por dentro

vitrine

— Blackurso_31, seja bem-vindo ao Pinder. Você tem uma hora e vinte minutos disponíveis. Bom *match*!

Após a saudação da voz robótica, o tempo de Blackurso_31, visível no visor digital posicionado no alto da cabine, começou a passar. No Pinder, tudo custava. O homem, ou usuário, preferia contar com a sorte a ter que depender do catálogo de melhorias do programa. Suas únicas compras até então haviam sido um banco para se sentar e aquele cronômetro, pois uma revista restrita impedia a entrada na cabine com uma série de elementos, incluindo eletrônicos.

Blackurso_31 se lembrava dos aplicativos de pegação da época da adolescência. Agora o mundo havia mudado. O Pinder promovia o que as pessoas chamavam de digitalização das relações, fazendo sucesso no mundo inteiro por harmonizar os encontros, elevando índices de compatibilidade. Entretanto, era pouco acessível.

Mais do que nunca, Blackurso_31 se via sem muitas opções a não ser dedicar uma hora diária a uma das estações do programa em Copacabana, bairro nobre do Rio de Janeiro. Ele tinha chegado a trabalho na cidade há quase dez meses, vindo do interior do Espírito Santo. O bairro era lindo. Tinha a imensidão do mar, os prédios e a brisa da liberdade que não o tocava tanto assim, pois, afinal de contas, e contra sua vontade, na maioria das vezes, se sentia preso às amarras invisíveis. Não era só o fato de não se sentir em casa ali, mas a angústia de não saber se algum dia se sentiria.

Os últimos aplicativos tradicionais disputavam com

o deserto do Saara: áridos e vazios. As pessoas haviam migrado para a sensação do momento, e aquele bairro estava recheado com alguns dos caras mais gostosos do mundo. Pelo menos era o que Blackurso_31 achava quando via casais gays andando pelas ruas com a liberdade nunca dada às pessoas no interior de sua *terrinha*. Em Copacabana, desfilar de sunga era normal, dar as mãos era normal, trocar beijos era normal. Anormal era ele, sentado em sua cabine, de frente para um espelho, contabilizando quantos minutos havia se passado enquanto ele não despertava o interesse de ninguém. Não que não achasse.

Uma hora depois, ele se levantou do banco e apertou o botão vermelho da cabine. Era mais difícil disfarçar o peso da frustração do que o do cansaço físico. De seu próprio corpo. O homem tinha a pele escura decorada com algumas manchas mais escuras ainda. Tudo nele era grande e o fazia pesar mais de cento e vinte quilos. Na primeira avaliação automática do Pinder, o programa avaliou-o como obeso, mas ele preferiu assinalar "parrudo" na opção de seu perfil.

— Prontinho, chefe — disse Rick sobre a bancada, ao entregar para Blackurso_31 uma sacola preta com a logo do Pinder. — Volta amanhã?

O homem abriu a sacola e conferiu seus pertences. A luz escura do edifício sempre dificultava esse momento, mas estava tudo ali, sim. Celular, chave, carteira, camisinha, lubrificante.

— Agora só tenho vinte minutos — respondeu ele.

— Bota mais ficha.

— Alguém ainda fala "ficha" em 2032?

Rick, tão grande quanto Blackurso_31, sorriu com um certo charme. O cliente devolveu um olhar desanimado e se virou para sair. Mas então... voltou-se.

— Ei, Rick. O movimento está fraco? — quis saber ele, diminuindo o tom, meio sem graça. — Estou há dias sem *match*.

Rick riu pelo nariz e tamborilou com os dedos no balcão.

— Fraco? Cara, eu aposto que isso aqui é mais rentável do que um cassino em Las Vegas.

— Valeu por levantar a minha moral.

— Espera um minuto — pediu Rick. Um homem branco se aproximou da cabine e entregou uma sacola preta com a logo do Pinder para Rick, com um breve sorriso no rosto. — Qual o ID?

Blackurso_31 observou enquanto o cara respondia. "Cinco, meia, dois, quatro, mil ao contrário, vinte e três". O homem era mais baixo do que ele e vestia uma jeans apertada, tênis de marca, escondendo a barriga avantajada em uma camiseta preta.

Rick digitou o número em um tablet e sorriu para o cliente.

— Parabéns, sadosadosafado_69.

Ele forneceu o *PinderCard* verde, green *match*, que dava direito a um encontro de quinze minutos cronometrados no andar do jardim gay. Não demorou muito para o cliente se despedir satisfeito.

— É sigiloso, você sabe. Mas para você eu conto. Sabe o que tem aqui? — sussurrou Rick. Aproximando-se do colega, apontou para a bolsa preta. — Quer saber? Algema, chicote e mordaça de veludo. Não é isso que você quer? *Match*?

— Tô fora. Não curto isso aí, não.

— Não, Black, não precisa ser necessariamente isso. Presta atenção — disse Rick, com paciência. Debruçou-se um pouco mais no balcão, chegando pertinho do outro.

— Isso aqui é um jogo, lindão. Se você não investe no seu personagem, não passa de fase. O Pinder foi projetado para fazer você gastar como em qualquer jogo.

— Acontece que eu não tenho para gastar. Nem sei se eu quero.

— O que você quer então?

Blackurso_31 refletiu. A pergunta de Rick ecoou dentro dele, procurou ser decifrada e, não conseguindo, esvaiu-se.

— Quer ficar uma hora todo dia se olhando naquele espelho sem saber se vai conseguir alguém? — perguntou Rick, olhando-o nos olhos. — As vitrines não são para amadores. Aqui você ganha por ser olhado, desejado. Tem que saber improvisar.

Pensativo, Blackurso_31 encarou o homem. Quem mais poderia ter razão do que um profissional do próprio programa? Além do mais, se contasse o quanto gastava pelas horas sem *match*, talvez pudesse investir em uma fantasia ou algo do tipo.

Por algum motivo, ele ainda rejeitava a ideia de bisbilhotar o catálogo de melhorias. No final das contas, a ideia de pagar para conhecer alguém já parecia humilhante demais. Migrar do plano básico para algo mais avançado significava rendição total ao sistema. Será que valeria a pena?

— Acha que há opções mais suaves do que a do sado safado?

Rick riu de leve.

— Vou te dar um conselho ainda melhor. Já que você vai investir grana, que tal investir para, antes de tudo, olhar as vitrines de quem tá bombando? Tem muitos caras graduados nesta unidade, Black. Pague para ver o que mais te agrada.

— É. Talvez.

— De qual tipo de caras você gosta?

O cliente não respondeu de cara. O atendente parecia animado e ansioso para furar a bolha de sua privacidade. Blackurso_31 chegou a notar que Rick queria muito aquela resposta. Muito mesmo!

— Isso não é contra o sigilo? — perguntou ele, num tom de incômodo.

Os dois se olharam durante algum tempo. O atendente assentiu, se desculpou e disse:

— Você nunca diz o que está procurando, não é? Talvez nada disso seja para você.

O freguês franziu a sobrancelha, sorriu inadequadamente e deu as costas ao outro.

No dia seguinte, atordoado, Blackurso_31 fez duas burradas no trabalho: deixou o alho queimar na frigideira e cortou um dedo enquanto picava uma peça de carne. Tinha começado naquele hotel na área da limpeza, mas fizera amizade com um dos sócios que lhe fez uma promessa.

— Você gosta de cozinhar, não gosta, grandão? Se tu entrar nesse cursinho, eu te arranjo uma vaga melhor dentro da cozinha.

O capixaba então estudou gastronomia no Rio de Janeiro! Se orgulhou, ligou pra mãe, contou da aventura com o ânimo lá no alto. Nas primeiras semanas, os professores viviam insistindo que ele tinha a mão pesada demais para a cozinha, que mão de preto é muito forte por natureza, que ele precisava de delicadeza para lidar com os alimentos. Quatro meses depois de sofrer repartindo o salário entre o aluguel na república em que morava e o bendito cursinho, Blackurso_31, com a ajuda do sócio, substituiu um auxiliar que pediu demissão.

— Tá com a cabeça na lua, negão? Um homem desse tamanho... — disse Ramariz, o chefe de cozinha. — Agora me diz como se trabalha com o indicador cortado?

— Boto um band-aid — respondeu o auxiliar, apertando uma toalha no dedo.

— Band-aid uma ova. Vai pra casa e compensa no sábado.

Com um band-aid no dedo e o coração batendo forte, o auxiliar de cozinha chegou mais cedo no edifício do Pinder. O prédio da multinacional seguia as últimas tendências das construções empresariais nos países de primeiro mundo, exibindo um formato retorcido e arrojado com superfície espelhada. Havia quem achasse o Pinder cafona de qualquer jeito, mas quando os olhos das pessoas esbarravam com aquele edifício no meio das heranças malcuidadas de Copacabana, a curiosidade e o desejo falavam mais alto.

Em poucos instantes, Blackurso_31 já tinha deixado seus pertences no balcão e comprado trinta minutos para visitar as vitrines do lado de fora pela primeira vez. Sem um plano semestral ou anual, o valor era significantemente maior do que a quantia apostada em horas de exibição do lado de dentro das cabines.

Um elevador deixou-o em um dos muitos andares de luz baixa. A iluminação vinha dos focos das lâmpadas vermelhas de led em pontos estratégicos. Os corredores pareciam cavernas, o princípio de um labirinto de oportunidades e lascívia, uma grande garganta regurgitando possibilidades e a promessa do fim da solidão. Apenas uma promessa.

O homem caminhou pelo corredor e aproximou o *PinderCard* no lacre digital acoplado a uma das portas negras. A passagem abriu-se com um estalido e ele entrou.

O longo corredor se retorcia para a direita ao final. Na parede da esquerda, as vitrines isoladas se espaçavam uma da outra, cada qual com seus entornos lambidos por uma fina faixa quente, vermelho neon. Enquanto quem pagava para aparecer se via em um espelho, quem pagava para escolher se via diante de um visor escuro, impossibilitado de enxergar além. Na superfície do vidro fumê, o logo do Pinder se posicionava acima do nome do usuário, seguido da pergunta "combina com você?". Um leitor do *PinderCard* na lateral de cada vitrine.

O usuário passeou entre as cabines do corredor, seus pés lentos contrastando a sua ansiedade, observando os nomes. Eduardo, Luiz, Roberto, Tadeu e outros registros comuns. Nicknames como o seu tinham saído de moda, mas ele não se importava. Escolheu então o primeiro que ainda insistia em manter um. Ao tocar sobre os dizeres "YaMaduroHot, combina com você?" na tela, um perfil apareceu:

YaMaduroHot
48 anos, sarado

Homem com jeito de homem, chef de cozinha, sou apaixonado por adrenalina, sou de boas e à procura de boa companhia, sexo sem frescuras.
Não curto: casais, trans, compromissados, afeminados.

Por um momento, Blackurso_31 se imaginou rindo à vera na cozinha espaçosa do apartamento de YaMaduroHot, uma cobertura em Ipanema. Não ria sozinho, ria com o próprio chef de cozinha apaixonado por adrenalina. Riam de piadas nada a ver enquanto preparavam polvo com batatas ao molho picante. Taças de vinho, luz baixa, zero roupa por debaixo dos aventais, sexo selvagem na bancada. Blackurso_31 nem quis pagar para ver mais fotos. Encostou o *PinderCard* no leitor e foi direto para a fase seguinte! Um valor foi debitado automaticamente e o visor escuro transformou-se num vidro transparente, revelando a real aparência do outro.

Diferentemente de como Blackurso_31 costumava se exibir em sua cabine (sentado no banco com ombros caídos e cara de paisagem), a vitrine de YaMaduroHot parecia viva e vibrante. O homem tinha a pele bronzeada pelo sol, os músculos saltando por trás de uma regata branca, calça jeans colada, óculos de sol, sorriso no rosto. No fundo da cabine, fotos do usuário em viagens pelo mundo: Paris, Roma, Amsterdã, México...

Dois botões surgiram no vidro que os dividia: um para a direita, outro para a esquerda. O pacote comprado lhe dava o direito de distribuir oito curtidas em até trinta minutos de visita. Caso curtisse, o espelho interno da cabine se transformaria em um visor digital, exibindo seu perfil. Se o usuário de dentro também o curtisse, então os espelhos se transformariam em um vidro e os dois poderiam se apreciar.

Blackurso_31 teve tanta vontade de gostar do outro que quase sinalizou ao programa. No entanto, havia algo mais importante a se fazer. Interrompeu a contagem e saiu do andar, largando tudo e indo direto até Rick.

— Acho que você tinha razão. Minha vitrine é muito básica — disse ele, empolgado.

— O que te atraiu lá em cima? — perguntou Rick. A voz animada não combinava com a expressão pálida. — Qual upgrade você quer?

O cliente se lembrou que nunca tinha viajado para nenhum outro lugar além dali, o Rio. *Engraçado como o ser humano nunca se satisfaz plenamente com as conquistas do passado*, pensou ele.

— Eu estava pensando em fotos de viagens, mas... não sei se tenho.

— Pague por montagens, ué. Isso aqui é um jogo, Black. Você pode ser quem quiser ser enquanto estiver na vitrine. É só ter grana.

Blackurso_31 notou uma sombra perpassar o rosto de Rick, como se ele não estivesse bem naquele dia. Talvez o aluguel dele tivesse vencido e ele não pudesse quitar a dívida, talvez tivesse levado um toco na noite passada, talvez tivesse um parente doente... O homem até teve vontade de saber, mas por outro lado, apesar de romperem os limites de vez em quando, o balcão entre eles ainda cumpria sua função, impedindo uma comunicação mais pessoal. Então, ele se encheu com a possibilidade de pagar o valor do incremento e ganhar um desconto ao oferecer quatro curtidas já compradas pelo mural viajado, e adicionou mais dez minutos.

Quando chegou até a cabine da vez, o dedo machucado nem doía mais, tamanha a empolgação.

— Blackurso_31, seja bem-vindo ao Pinder. Você tem trinta minutos disponíveis. Bom *match*!

A vitrine passou a exibir fotos do usuário no único país que ele teve dinheiro para pagar: Egito. As montagens perfeitas eram criadas a partir das fotos de corpo inteiro do usuário previamente digitalizadas. Blackurso_31 com uma pirâmide ao fundo, Blackurso_31 montado em um camelo, Blackurso_31 mergulhando no fundo do mar.

No final do dia, o homem se sentou na beira da cama sem nenhum *match*. A frustração parecia-lhe como um casaco quente confortando-o à contragosto em um dia de sol em Copacabana. Não só a frustração, mas a tristeza da constatação de que ainda estava jogando com a vida. Mesmo aos trinta e um anos de idade, nunca tinha se livrado daquilo, de ser um garoto. Por quanto tempo se sentiria como um garoto? Seriam os garotos homens? Seriam os homens garotos? Será que ele seria homem pela maior parte da vida, ou será que ainda não passava de um garoto? E quantos garotos cabiam dentro de um homem? Dormiu sem saber resposta alguma.

No fim do expediente do dia seguinte, restavam quatro curtidas e alguns minutos de visita no corredor de vitrines. Ele testou um novo corredor no outro andar gay. Um que se iniciava com a letra de seu nome de nascimento: S. Talvez assim tivesse sorte.

Navegou pelas possibilidades e parou por um tempo, decidindo se curtiria um dos perfis.

Alex
31 anos, câncer, capixaba

Engenheiro, simples, inteligente, trabalho muito, falo e beijo várias línguas, good vibes, tentando ser vegano.
Quero um cara que tenha pelo menos 1,80, com pegada de macho, barba e ossos largos.

Ficou tentado, pois o cara tinha a mesma idade que ele, além de ser seu conterrâneo. Achou as exigências esquisitas, mas no fim das contas, preenchia todas. Na verdade, não tinha certeza quanto à pegada de macho. O que isso queria dizer, afinal? Mesmo assim, escolheu liberar a vitrine.

Quando o visor fumê deu lugar ao vidro e ele avistou o manequim humano à frente, o sangue até circulou mais rápido por seus membros. De pé, mas recostado sobre uma parede, Alex se distraía usando um barbante para brincar de cama de gato. O corpo não era exatamente torneado, mas com aquela sunga branca, tudo parecia perfeito. Não como as fotos de machos seminus sobre as quais Blackurso_31 costumava babar nos folhetos das Lojas Americanas quando criança. Mas acessível! A um toque da tela. Aguardou... Alex foi notificado da curtida, mas não curtiu o usuário e a vitrine escureceu repentinamente. Blackurso_31 não deu *match*, perdeu dinheiro, mas pensou em si mesmo, e que ali estava o erro. O máximo que havia exibido até então eram as belas batatas da perna e os antebraços. Quem sabe a saída estivesse em exibir o corpo? Afinal, qual seria o problema em apreciar um corpo seminu?

O usuário retornou ao balcão, debruçando-se e perguntando em tom baixo.

— Ei, Rick. Acha que eu teria mais chances se ficasse sem camisa?

— Tu gosta de se ver de cueca?

— Sei lá.

— Fica de cueca na praia?

— Nunca.

— Tu tem pau pequeno?

— Rick!

O atendente deu um sorriso estranho e perguntou:

— Tu quer saber a minha opinião ou alguma coisa mais do senso comum?

O atendente respirou fundo um tanto envergonhado.

— Pode ser sincero. Eu sou tão de se jogar fora assim?

O rosto de Rick se endureceu e ele se afastou por um tempo quando outro usuário se aproximou. Levou um minuto e meio atendendo-o, depois voltou-se para Blackurso_31 com um pacote transparente na mão.

No embrulho, Blackurso_31 descobriu uma cueca box preta de couro. Talvez Rick tivesse acertado no tamanho porque ambos tinham o mesmo biotipo. Deslizou a mão pelo tecido gostoso e sorriu constrangido quando sentiu um pequeno volume de plástico na parte da frente.

— Valeu.

O atendente fechou a mão em um dos braços do cliente antes que ele se afastasse.

— É meu último dia aqui — disse ele com firmeza. — Eu só queria dizer que... talvez eu sinta sua falta. É, tu é o único cliente que eu sentiria falta.

— Por que...? Vai trabalhar em outra filial?

Rick balançou a cabeça em negativa.

— O mínimo que a gente pode fazer talvez não quebre a engrenagem por inteiro, mas é melhor do que morrer em silêncio — respondeu ele. — Esse lugar não é para mim.

Blackurso_31 sentiu o coração flutuar. O edifício do Pinder em Copa não seria o mesmo sem seu colega. Então, deu dois tapinhas no ombro do atendente.

— Achei que fosse bom trabalhar aqui. Mas tenho certeza que você vai se dar bem em qualquer lugar. Boa sorte.

Os dois se olharam por um tempo. Rick deixou a mão afrouxar e o sorriso triste pintar seu rosto.

— É uma pena que você não tenha percebido, meu caro — disse ele. — E, ah, não deixa isso aqui te dizer quem você é. A gente é foda. É por isso que a gente se merece.

Era verdade que Blackurso_31 se sentiu sexy naquela peça. De pé diante do espelho da cabine, as pernas roliças saltaram-lhe aos olhos. Gostou do que viu. Os ombros largos, a estrutura do corpo grande, a quantidade de pelos cobrindo o corpo e até a gordura da barriga robusta. Mesmo falso, o volume na frente da cueca parecia natural, um disfarce para o membro o qual ele já havia, sem resultado, submetido a dezenas de fórmulas para aumentar e engrossar.

E deu certo. Pela primeira vez, ele levou apenas dez minutos para dar um *match*. O papo foi bom, breve e até divertido. Vestido com calça e blusão social, Wander Santiago era um cara mais velho, barba grisalha por fazer. Parecia aproveitar o horário de almoço de um bom dia de trabalho.

À noite, Blackurso_31 não parava de se perguntar se quem convidava realmente pagava. Se Rick estivesse trabalhando àquela hora, talvez ele pudesse pedir um conselho. Preferiu então acreditar que sim. Afinal, não tinha um tostão furado para responder ao convite de Wander: um jantar no La Gosta, sofisticado estabelecimento na orla da praia cuja culinária tinha a assinatura de Rita Richie, uma chefe famosa. Foi mesmo assim.

Lavou-se por dentro e por fora, usou o perfume para ocasiões especiais, enfiou os pés no sapato de bico, já suando antes de sair. Não queria ser visto saindo para um encontro e, por isso, agradeceu por não esbarrar com os caras da república ao deixar o apartamento. Só precisou andar alguns quarteirões para chegar.

— Boa noite. Posso ajudar? — perguntou a recepcionista, apressada, na porta do restaurante.

— Estou na reserva do Wander Santiago — respondeu Blackurso_31.

— É o motorista dele?

Blackurso_31 balançou a cabeça de leve, desentendido.

— Ele reservou para a gente. Ele já se encontra?

No mesmo instante, um sorriso iluminou o rosto da recepcionista, mesmo não sendo capaz de esconder uma ruga de constrangimento.

— Ah, queira me desculpar. Por aqui, por favor.

Blackurso_31 acompanhou a moça pelo restaurante mais caro que ele já havia entrado na cidade. O aroma de frutos do mar preenchia o ambiente tão levemente quanto as pessoas agrupadas ao redor das mesas conversando e sorrindo como nos filmes.

Por fim, os dois homens se encontraram. Wander Santiago levantou-se para saudar o outro com um aperto de mão. Quase não conseguia esconder o olhar apetitoso, como se o La Gosta tivesse acabado de servir a melhor peça de carne do menu.

Blackurso_31 esboçou um sorriso, disfarçando a vontade de esconder o suor das axilas e da testa. Observou um ou outro olhar curioso ao redor, sentou-se e observou que o *match* à sua frente era mais careca do que ele tinha observado mais cedo. O corpo produzido por musculação queria explodir pela camisa de botão, o sorriso contagiante provocando um certo tesão.

— Então você gosta de morar aqui? — perguntou Wander.
— Perto dos velhos e longe da modernidade do Centro?

Blackurso_31 pensou na pergunta por um tempo. O centro do Rio havia se tornado o lugar mais tecnológico da cidade nos últimos cinco anos, recebendo investimentos milionários das multinacionais estabelecidas na região da Gamboa. Mas a era digital o incomodava. Se pudesse, ele moraria nos filmes e discos de cinquenta anos atrás.

— Eu só gosto de morar perto do trabalho — respondeu.

— Hm. E você trabalha com o que?

— Trabalho em um restaurante — replicou ele. — Eu te disse, não?

— Ah, sim, é verdade. E é por isso que você come pra caralho, eu imagino.

Blackurso_31 tossiu, sem acreditar no que ouvira. De repente, a barriga pareceu maior ainda, pressionando a camisa de modo diferente aos braços de Wander no blusão. Sim, quando podia e interessava, filava uns camarões enquanto arrumava os pratos. Mas daí a *comer pra caralho*...!

— Espera, era só uma brincadeira. Você não pensou que...? — disse o executivo com seriedade. — Ah, meu Deus. Talvez eu não tenha me expressado da melhor maneira.

— Não, tudo bem.

— Todas essas fobias no mundo e a gente ainda não avançou em uma porrada de nomes e epistemologias. Imagino você. Deve ser comum para você enfrentar males como o racismo diariamente, não? Eu entendo. Você já passou por alguma situação muito forte?

Blackurso_31 não sabia qual das experiências contaria porque não se interessava em compartilhar sofrimentos com um desconhecido.

— É. Eu não lembro agora. — Foi o que disse.

— Vamos mudar de assunto. Ou você não gosta de dominar?

Houve uma pausa prolongada. O olhar apetitoso de Wander retornou de forma suave, demandando uma resposta do outro.

— Eu curto — mentiu Blackurso_31.

Wander Santiago soltou uma gargalhada gostosa e limpou os lábios finos com um lenço branco, apesar de não ter bebido ou comido nada naquela noite.

— Eu tinha certeza de que você era dos meus — disse o executivo.

Trinta minutos depois, Blackurso_31 se levantou sozinho da mesa.

As contas já tinham sido pagas, mas o homem careca do sorriso bonito explicou ter estacionado distante por falta de vaga próxima. Os dois combinaram que ele buzinaria do carro quando estivesse na porta do restaurante.

Depois de jantarem apenas as casquinhas de siri que abriam o menu da noite, Blackurso_31 deixou a desculpa esfarrapada do carro estacionado ecoar com ódio nas paredes de sua mente. Passara todo aquele tempo ouvindo o homem falar sobre suas incríveis façanhas na vida e no mercado imobiliário... para nada? Por um momento, achou que ficaria sentado ali até aceitar que nunca ouviria a buzina tocar. Mas ela tocou. E quando Blackurso_31 entrou no carro importado de Wander Santiago, que mais parecia uma nave, foi remexido outra vez pelo melhor sorriso do executivo, e pela mão forte do homem que logo se colou em uma de suas coxas.

Não trocaram palavras. Wander controlou o carro até o estacionamento de um motel, desligou o veículo e começou a beijar o convidado com ferocidade. Blackurso_31 se deixou levar até quando os braços do outro o apressaram para os fundos do carro espaçoso demais.

Entre beijos cálidos, o homem negro manteve o corpo por cima do outro, arrancou-lhe a blusa, o cinto. Tirou de qualquer jeito a própria blusa apertada e puxou as mãos do cara, posicionando-as em seu traseiro grande.

O executivo parou, mexeu as sobrancelhas e sorriu.

— Você sabe o que eu quero não, sabe? — sussurrou Wander em um leve tom de protesto misturado com desejo.

— O que você quer?

O ambiente foi dominado por um silêncio cortado apenas pela ofegância de ambos. A careca de Wander Santiago brilhava mesmo no escuro do ambiente, assim como seus olhos famintos.

— O urso. — Foi a resposta dele. — Eu quero o urso.

— Que urso?

— Eu quero a porra do urso! — exigiu o branco, enfiando as mãos entre as calças do homem, procurando o botão e o zíper. — O urso preto.

— Cara, não vai rolar.

— Eu quero o urso! — gritou o branco, gemendo de prazer.

Então o homem negro avançou com as mãos sobre o pescoço do executivo desgraçado.

— Você quer o urso? Então toma! — Imobilizando o outro com o peso do corpo, Blackurso_31 não soube de onde veio o fulgor obrigando-o a apertar a garganta do branco, tornando impossível que seus dedos se descolassem. — Não tem porra nenhuma de urso! — gritou e gritou e gritou.

Quanto mais repetia que não era um urso, mais a sensação de prazer gargalhava com os dentes dele, mais o olhar de rancor odiava com os olhos dele, até que ele se tornasse a própria fúria por inteiro, capaz de ser despejada pela força dos dedos, como se pudesse calar todos os problemas ali, com uma tacada só. Era tudo o que queria. Nada mais importava. Apenas ele e o urso selvagem, pronto para destroçar sua presa e...

Não!

De repente, com um único movimento, ele afastou as mãos e o corpo do outro e, quando voltou a si, a respiração se esganiçava, a morte bafejava e arranhava os vidros do carro afim de trabalhar. Mas o terror não o permitiu. Nem a consciência.

Por bem menos, outros como ele haviam sido detidos pela polícia ou impedidos de existir. Não tinha viajado de tão distante, aguentado tantos meses naquela cidade infeliz e engolido tanto sapo por algo tão estúpido. Por um cara que não valia a pena.

Estava longe de realizar um trilhão de sonhos, sim. Mas talvez também estivesse perto de perceber, pela primeira vez, quem ele era e o que merecia. Ainda que isso viesse do outro, bem como o homem da careca agora avermelhada e suada dissera quando pôde murmurar. Cuspiu três palavras esperando que elas cortassem o negro de dentro pra fora.

— Vocês se merecem.

As palavras foram proferidas com ódio, ditas para lanhar. Todavia, ao contrário do que ele pensava, não cortavam para o mal. Como as de Rick, o outro cara preto e gordo, que talvez nunca mais visse na vida, elas cortavam para curar.

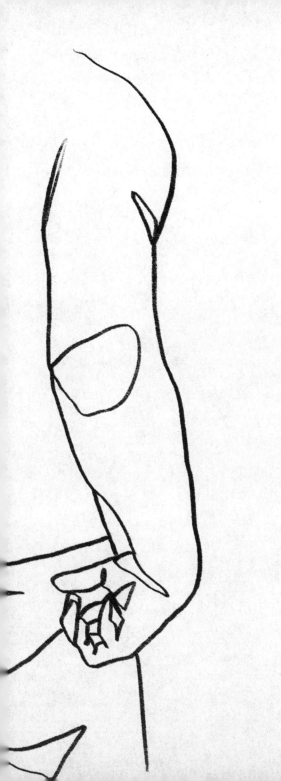

bilola

Próxima estação, Carioca. Desembarque pelo lado esquerdo. Ao desembarcar, observe atentamente o espaço entre o trem e a plataforma. Next stop, Carioca Station. Disembark on the left. Mind the gap.

A gravação escapava pelos altos falantes e, de maneira divertida, perfurava o imaginário do homem. Visualizava a dona da voz do metrô como uma mulher amarela e dentuça, daquelas que precisa fazer um biquinho para pronunciar certos fonemas.

O homem prendia os papéis entre os dedos com muito carinho. Ele mesmo juntava a grana para imprimir folha por folha, criando dois vincos em cada e dobrando-as como um folder de seis faces. Ali, imprimia pílulas de sabedoria das ruas em forma de palavras.

— Uma poesia? — perguntava de pessoa a pessoa, oferecendo o presente com expectativa.

A mão ainda tremia a cada entrega. O olhar buscando alimento na reciprocidade. Faminto, porém gentil, cordial. A voz treinada para ser baixa e pacífica, com gestos singelos.

— Aceita uma poesia? Aceita uma poesia? — Naquele vagão, ninguém quis.

Uma senhora mirou-o como se pensasse: "Onde já se viu um pai de família se prestar a isso". Outra açoitou-o com os olhos: "Vai trabalhar, vagabundo". Jovens ignoraram-no como se ele fosse uma sombra insuportável. O homem apenas sorriu para o nada e seguiu, como de (mau) costume, para o próximo vagão.

Não havia prazer em acumular rejeições, tampouco em naturalizá-las. Ele só não detinha as ferramentas cirúrgicas para sondar e elaborar sua dor. Acumulava-as no pesado saco de sua alma e prosseguia.

— Uma poesia? Uma poesia, senhora? Aceita uma poesia?

De parada em parada, o metrô já transitava na zona sul quando ficou um pouco mais vazio e um homem de seus quarenta anos desenhou um sorriso em resposta ao do poeta.

— O senhor aceita uma poesia?

— Claro.

De pé, o homem apoiava o corpo num canto do vagão. Vestia-se com roupa social amassada. A pele mais branca do que o sorriso.

O poeta sentiu os dedos tremerem enquanto entregava o primeiro folheto depois de quase uma hora. No bolso, R$15 que tinha conseguido e mal garantiam almoço e janta do dia seguinte.

— Tem que pagar? — perguntou o homem branco.

— Não, não, só se puder.

— Ah, sim. Você que escreve? — indagou.

— Sim.

— Sempre quis ser poeta?

— Eu já quis ser professor — confessou.

O homem ergueu as sobrancelhas surpreso. Analisou o poeta de cima a baixo e deu uma lida na poesia mais curtinha.

— Essa daqui é bem bonita. Parabéns.

De coração massageado, o poeta abriu um sorriso e gesticulou com a cabeça em agradecimento.

— Muito obrigado. Escrevo para arrancar sorrisos e suspiros.

— Mas isso paga sua janta?

— A gente dá um jeito — o poeta sorriu, mesmo sem querer. O homem puxou a carteira do bolso e caçou moedas.

— Não, não precisa. Só se o senhor tiver mesmo.

— Se eu não te pagar, como vai sobreviver? O senhor tem outro trabalho?

— Eu já quase tive. Queria ser professor.

O homem sorriu, com a carteira ainda em mãos.

— E daria aula de quê?

O poeta coçou a cabeça, desconfortável.

— Eu comecei a faculdade. Matemática. Mas é que eu tenho um problema…

— Um problema — o homem inclinou o rosto, alarmado. Guardou a carteira no bolso e estendeu uma mão para o poeta.

— Prazer, Carlos Cargara.

— Prazer.

Trocaram um aperto firme. As portas do metrô se abriram e duas pessoas adentraram o vagão distraidamente. Carlos aproveitou para dar uma nova olhada no panfleto.

— Aqui não diz seu nome.

— Meu problema é esse — confessou o poeta, tímido o bastante para baixar o olhar.

— Tem nome de mulher?

— Bilola.

— Quê?

— É o meu nome — disse o poeta baixinho —, Bilola Leite dos Santos.

Carlos fez todo o possível para impedir que os cantos dos lábios se curvassem em um sorriso. Desviou o olhar numa batalha interna. Como de (mau) costume, Bilola apenas observou.

— Por isso saí da faculdade. Quem respeitaria um professor com esse nome?

O comentário apagou o quase sorriso de Carlos Cargara. Ele cruzou os braços com indignação.

— Quem te daria um nome desses?

Bilola deu de ombros e permaneceu em silêncio, de frente para Carlos. Os pés brincando de fincar raízes imaginárias no solo do metrô, para se equilibrar.

— Pensando bem, você poderia usar Lola — recomeçou Cargara —, um apelido bonito. Ninguém desconfiaria.

— É nome de mulher.

— E Bi?

— Aí pega mal, doutor.

— Bilo?

— Mesma coisa.

Carlos continuou intrigado até, finalmente, se voltar para Bilola com um olhar decidido.

— Eu te dou um novo nome, então. O que acha?

Foi a vez de Bilola tentar conter o riso. Não havia traços de sarcasmo no olhar de Carlos.

— O senhor trabalha no cartório?

— De onde eu venho, podemos fazer o que quisermos. Você me entende?

— Qualquer coisa?

— É, estou dizendo. E digo mais! Você é um homem letrado, escreve poesia. Um pouco de treinamento e você se encaixa rápido.

O poeta examinou a expressão de Carlos. Não tinha certeza se havia mesmo sido elogiado.

— O senhor está me oferecendo emprego?

— Olha, poesia até que faz sucesso por lá. Você aceitaria escrever como *ghost*?

— O que significa?

— *Ghost writing* — explicou Cargara.

Enquanto gesticulava com as mãos, a poesia, dobrada entre os dedos, ganhava vincos que partiam o coração de Bilola.

— É um modo muito apreciado pelo mercado. Você escreve, entrega o texto para uma pessoa que tenha a cara do mercado e ganha parte da grana. Nem precisa usar seu nome.

Bilola tentou focar nas palavras de Cargara. Refletiu. Apesar de detestar o próprio nome, tinha aquela maldita sensação de apego. Desde menino, tinha mania de se apegar às coisas e pessoas. Quando quase nada se tem, pouco é muito e nada é tudo. Por isso, o medo de ter o nome apagado era como um gatinho brincando de se esconder nas últimas camadas do seu ego. Ele sabia que o gato estava em algum lugar, só não sabia como achá-lo.

— É muito longe esse lugar?

— Dá pra ir de metrô.

— Precisa comprar uma roupa específica? Porque se precisar, também não será um problema. Eu posso pegar com o meu irmão, que trabalha em uma multinacional, sabe?

— Não, não, esquece o irmão. Um de cada vez. Eu vou ser seu irmão.

— Como assim?

— Tem que achar uma roupa um pouco mais descolada, sim. De repente, colocar dreadlocks, uma camisa africana. Há? O que acha disso?

Bilola ignorou o fluxo de novas pessoas entrando e saindo do vagão.

— Não sei se entendo.

Carlos apoiou uma das mãos sobre o ombro de Bilola. Não como se ele fosse seu amigo, mas como se fosse um encosto mesmo.

— Olha, eu acho que você combina com Dre, hã? Dre. É legal, não? Dre Buarque. Buarque, de Chico, pra dar uma abrasileirada.

— Não sei a minha mãe gos...

— Ué, você é artista ou não é? Quer ou não quer se livrar desse karma? Você disse que queria arrancar sorrisos das pessoas. Precisa vislumbrar a oportunidade.

Bilola buscou o painel do metrô com olhos preocupados. Faltava pouco para a estação final.

— Olha, eu não vou te dar dinheiro agora, mas vou te dar isso aqui.

Carlos enfiou a mão no bolso e puxou um objeto minúsculo. O metrô deslizou para dentro de um túnel. As luzes do transporte piscaram e, quando voltaram ao normal, o homem balançou um chaveiro no rosto do poeta.

— Dre, é pra você.

— Um chaveiro? — perguntou descrente. Quis dizer que preferia dinheiro, mas obrigou-se a sorrir em gratidão.

— Por lá, chamamos isso de totem — disse Carlos Cargara.

Bilola avaliou o objeto: um trevo de quatro folhas prateado com uma correntinha e uma argola.

— Serve pra quê?

— Ué! Liga você a mim — explicou Carlos, como se fosse óbvio —, por isso que não é um chaveiro. Se você parar pra pensar, é quase um talismã.

Bilola franziu a testa. Não tinha certeza se havia entendido.

— Olha, na minha família, todo mundo tem um — adiantou Carlos em um tom de convencimento —, meus amigos, as pessoas importantes da empresa a quem eu vou apresentar você. Olha, não se sinta como se eu estivesse fazendo um favor, pelo amor de Deus. É um presente de mão dupla.

— Você se beneficiaria comigo?

— É, poxa! Funciona como uma validação pra você. Você ganha muito mais do que eu, entende? Você pode ingressar no meu mundo com isso.

— E você ganha o quê?

— Ah, cara, sua amizade. E não vou negar, ela também abre portas pra minha imagem, né? Agenciar alguém com um talento como o teu. A gente não vê as pessoas pela cor ou qualquer coisa do tipo. Não importa se elas são azuis, pretas, brancas, amarelas. Meu pai sempre me ensinou a ver as pessoas pelo que elas são.

— Então pra que precisa disso?

Carlos sorriu.

— Dá uma olhada.

Bilola acompanhou o olhar de Carlos e vislumbrou atentamente o vagão. Um pouco mais de meia dúzia de passageiros ocupava o espaço. Dois homens negros estilosos trocaram um olhar com ele, balançaram chaveirinhos similares e acenaram com a cabeça. Uma mulher sentada mais ao fundo repetiu o gesto. As outras pessoas do vagão nada notaram, mas as pretas estavam atentas a tudo, carregando o cansaço em suas expressões.

Bilola tentou relaxar. Respirou fundo e encarou Carlos uma vez mais. Pensou na oportunidade de emprego, se havia outros como ele trabalhando na mesma empresa...

talvez fosse possível ser respeitado se tivesse outro nome ou outra aparência...

— Bom, obrigado, meu chapa — disse, enfiando o chaveiro no bolso.

— Não, não, não — advertiu Carlos, estendendo a mão —, o totem fica comigo. Isso é muito difícil de conseguir, tá louco?

— Mas você não me deu?

— Sim, sim, mas é meio que... digamos que ele... entende sua alma.

— E ela fica com você? — questionou Bilola no ápice da desconfiança.

O homem deu mais um sorriso amarelo.

— Acha que é superior a mim a ponto de ficar com a minha alma? — Bilola continuou.

Então o último resquício de brilho sumiu do olhar de Carlos Cargara e ele desinflou em um gesto de desistência. Não pensou duas vezes antes de devolver a poesia amassada de Bilola, balançando a cabeça com desprezo.

— Que porra de desperdício de tempo. Você nunca daria certo lá — garantiu.

Bilola sentiu o açoite queimar no peito. Preferia não tocar no papel para não se contaminar com o que o homem branco destilava, mas a mãe o havia ensinado a não jogar pérolas aos porcos. Ele recolheu a poesia.

— Eu sou uma pessoa certa. Seu lugar que é errado.

Os homens se encararam uma última vez. Depois, Bilola deu as costas para Carlos e desejou nunca mais encontrar alguém como ele. Preferia ter o nome mais idiota do mundo a se vender de tal forma.

Naquele fim de tarde, ele também decidiu algo muito importante para si.

Nunca mais pegaria a Linha Branca do metrô. Questão de sobrevivência.

calma, não venda

sua

alma

dona
tagarela

— Você só precisa se abrir — diz Thiago, de pernas cruzadas.

O revólver cobra seu peso entre a pele e a calça jeans. Manter-se consciente do próprio corpo é instintivo para Aluízio. A sensação agarra sua adolescência pelo colarinho da camiseta de marca falsificada, trazendo-a quase face a face. Há mais de trinta anos, ele costumava sentir algo parecido no caminho para a boca de fumo quando ia atrás de erva. O fenômeno ainda traz certo desconforto.

Thiago, o homem sentado à sua frente, aguarda com passividade.

É estranho para Aluízio ver um doutor retinto, um homem preto protegido por uma sala repleta de móveis finos e envoltos pelo aroma de difusores exóticos.

Em cotejos silenciosos, ele pensa um pouco mais sobre o cara a poucos passos de distância. Não são iguais, como as pessoas costumam dizer, prendendo-os no curral imaginário onde os homens negros são socados. Pelo contrário. Aluízio duvida muito que o psicólogo beba uma gelada com os amigos na mesa de um bar, batuque numa roda de samba ou esconda um segredo tão perigoso quanto o seu…

Ocultada pela camisa de Aluízio, a arma se revela mais uma vez aos seus sentidos. O homem estranha a sensação e tenta encontrar um fio de coragem para encarar o preto culto.

— Não me leve a mal, Thiago, mas a gente é muito diferente — diz Aluízio.

— Comparações. Está se desviando outra vez.

— Não tô me desviando, é só que… — Aluízio não consegue completar. Dá uma risada sem graça. Um calor se ergue debaixo da camisa até o pescoço em sinal de desconforto.

— Posso te relembrar de que forma isso aqui funciona? — pergunta Thiago, com cuidado.

Aluízio afasta as coxas, inclina a cabeça e se prepara para ouvir o outro, apenas para ganhar tempo e criar uma nova defesa.

— Você veio aqui procurando respostas, não veio?

— Eu vim porque meu chefe me obrigou — reforça Aluízio.

— Hum. O que estava em jogo?

Aluízio reflete. Armadilha de palavras é uma das coisas mais perigosas do mundo, ele bem sabe. Um homem envenenado pelas próprias palavras não tem honra alguma.

— Ele só disse que você é bom nisso — decide dizer —, que ajudou na terapia de casal dele e da mulher.

— Está atrás disto, de terapia de casal?

— Não seria uma má ideia, mas isto aqui é só coisa que chefes podem nos obrigar a fazer quando estão de saco cheio dos funcionários das antigas, me entende?

— Então ele te obrigou a vir aqui ou não?

— Olha, o lance é que, se fosse por conta própria, eu não viria.

— Por que não?

— Porque eu não preciso.

— Não precisa do quê?

Aluízio ri outra vez. Sente que os sorrisos estão vindo fora de hora. Gostaria que o doutor parasse de falar, mas não é o que acontece.

— Eu disse a você na sessão passada como é que isso funciona, mas eu posso reforçar — diz o psicólogo.

Um traço de seriedade acentua seu olhar.

— Você me paga para te levar até onde você quiser ir, em qualquer lugar da sua mente. Ao ver as coisas com um ponto de vista treinado, posso ajudá-lo a encontrar sua cura.

Desta vez, Aluízio não ri, mas precisa empurrar saliva para dentro, movimentando o pomo-de-adão. Observa Thiago e sua aura científica, quase sobre-humana.

Se o psicólogo estiver falando a verdade, talvez o encontro possa ser útil para... algo. *Cura.* Coberto de receio e desconfiança, o pensamento volta a brotar em sua mente. De repente, pagar um psicólogo para compartilhar aquele segredo não parece uma tentativa desesperada. Era para isto que estava ali? Para tentar se redimir?

— Quer falar sobre algo? — pergunta o psicólogo.

— Tipo o quê? — responde Aluízio.

O psicólogo dobra o lábio de baixo com um beiço.

— Algo diferente em seu dia? — insiste Thiago.

— Hm — confirma Aluízio.

— Tipo o quê?

A arma pesa outra vez, entre a pele e a calça de Aluízio, feito um alarme instintivo.

— Eu fiz algo peculiar.

— E como você se sentiu quanto a isso?

Aluízio não esperava uma pergunta dessas. Algo lhe dizia que estava a poucos centímetros de ser pego pela arapuca de palavras. Em um campo minado, os impacientes são os primeiros a morrerem. Por isso, Aluízio respirou fundo e deixou as próximas falas saírem bem devagar.

— Incompreendido. Ninguém entenderia o que eu fiz se eu contasse para as pessoas, mas a gente entende.

— A gente quem? Ops.

— Eu e ela.

— Ela...

— Ela — Aluízio solta um pigarro. Thiago balança a cabeça, assentindo.

— Quando você se sente incompreendido, que imagens vêm à sua cabeça? Como é a sensação?

— É sufocante — diz ele, sentindo uma leve dose de paz após a confissão. Como um usuário iniciante, mas já viciado na cura pela palavra, resolveu ter a sensação outra vez:

— E solitário. Uma pressão no peito, sabe? Pode crer. Às vezes, eu acho que ninguém consegue entender o que eu digo. Eu me sinto sozinho.

Aluízio estremece por dentro. As palavras proferidas desnudam-no, e a sensação, para um homem como ele, não é agradável. É, mas, ao mesmo tempo, não é.

— Mas é normal, né? Todo mundo se sente um pouco só — tenta remendar.

O psicólogo mexe os ombros.

— Mesmo com *ela*, você se sente só?

Um longo silêncio toma o ambiente. Aluízio tenta encontrar as palavras certas. Abre a boca, mas elas não saem. Ele pigarreia, toma mais goles de ar, sem força para ir adiante. Decepcionado consigo, deixa o frio na barriga escapar para o olhar.

— Talvez amanhã.

E encerram o assunto. Naquela noite, Aluízio dormiu pensando nas palavras que usaria na próxima sessão. Está de licença a mando do chefe. Anda estressado demais, perde o controle no trabalho, desconta nos companheiros. Sobra até para o bebedouro da delegacia, que passou a ser constantemente surrado.

Na manhã do dia seguinte, ele assiste à televisão esperando a tarde. Antes de sair para o consultório outra vez, faz questão de certificar-se de que tudo está como deveria. Um aperto em seu coração lembra-o do problema, o qual ele não tem coragem de enfrentar. Sente-se pior do que o estrume do cavalo. Merece as surras do pai. Merece ter o membro arrancado do corpo e dado aos urubus. Não pode ser considerado um homem. Não depois do que está fazendo. Mas Aluízio não faz a menor ideia de como consertar um sentimento aterrado no fundo de sua alma.

No consultório, pela terceira vez na semana, os dois homens apertam as mãos um do outro com breves sorrisos.

Para Aluízio, de alguma forma, Thiago não é mais um rosto estranho; agora, é um doutor.

Grande demais, o policial ocupa a poltrona com obediência.

— Eu queria entender melhor sobre como o senhor enxerga o sigilo profissional. O que acontece aqui fica aqui independentemente do que for?

O psicólogo cruza as pernas e toca as costas no encosto da cadeira.

— Certamente. O sigilo da profissão não pode ser quebrado. O senhor sabe disso, certo?

— Sim, mas... Eu precisava ouvir de você. De homem pra homem.

— De homem pra homem — Thiago se limita a repetir, parecendo saborear a expressão.

— Isso tem a ver com nossa última conversa?

— Tem sim. Vou te contar algo que ninguém pode saber. Não pode e nem vai, se é que o senhor entende.

— Ok.

Aluízio encara Thiago, pensativo. O estômago remexe desengonçadamente, mas a necessidade de colocar aquilo para fora é tão grande que ele decide pular na arapuca.

— É sobre ela.

— Sim.

O psicólogo aguarda. Aluízio pensa bastante antes de falar.

— Não é assim pra mim, mas eu prefiro ser direto pro senhor entender logo, positivo? Ela está sendo mantida em cativeiro.

Thiago franze a sobrancelha.

— Quem é ela?

— Minha mulher.

— Quem a está mantendo em cativeiro?

Um espasmo de medo dá um único soco nas paredes internas de Aluízio. Uma gota de suor brilha em sua testa involuntariamente. A garganta seca.

— Ela fez coisa errada. Merda! Estou revelando isso a você, o que mostra o quanto estou perdendo o controle.

— Aluízio, você tem meu sigilo. O que você fala aqui, fica aqui. Fica tranquilo, relaxa. Você está seguro — relembra o psicólogo.

O paciente toma ar algumas vezes. Distribui um olhar vago para os cantos do cômodo enquanto se acalma. O sorriso consternado chega, mas ele se depara com a permissão para continuar.

— Sou eu que estou *prendendo ela*, mas foi ela quem procurou.

Thiago continua ouvindo quase inexpressivo.

— Também não é como nos filmes, entende? Eu disse cativeiro para o senhor entender melhor, mas ela tá no quarto da despensa, o que não é exatamente um cativeiro. Não tem janela, mas tem comida, colchonete, tudo o que ela precisa pra não morrer, sabe?

Thiago franze a testa sem esconder a descrença.

— Como você se sente quanto a isso?

— Eu? — Aluízio pergunta, desprevenido — Doutor, ela não grita nem nada. Não pede pra sair, não faz menção de querer sair quando eu deixo comida. Ela nem olha pra mim. Ela está tentando me atingir com isso, entende? Confesso que isso tira minha paz.

— Houve alguma agressão física?

— Nunca. Sou um homem direito, doutor. Nunca levantei a mão pra minha esposa. Nunca a agredi. Agora... o silêncio dela me mostra que há um consenso. Você me entende?

— Não. Eu não entendo.

Os dois homens prendem-se um ao outro por um olhar afiado. Os instintos trabalhados em Aluízio lembram-no do revólver preso à calça, mas, diferentemente das sessões anteriores, há apenas a vontade de ser compreendido por completo.

— Vocês conversaram sobre isso?

— A gente não conversa. Só briga. As coisas que ela faz são imperdoáveis. Se você estivesse na minha pele...

Aluízio não hesita. Enfia a mão por trás, retira o revólver da calça e inclina-se para oferecê-la ao outro homem. A pistola de calibre 40 S&W é uma Taurus PT 100 opaca e com marcas de uso.

— Pega — manda Aluízio com um tom quase gentil.

— Não acho que seja certo — contrapõe Thiago, evitando olhar para a arma.

— Por que não? Eu quero que você sinta o que eu tô tentando dizer.

— E deixar minhas impressões digitais aí?

— É só limpar depois.

Um revólver sempre preenche o ambiente com hostilidade, mas Thiago esforça-se para ficar calmo e pacífico. Aluízio avalia a reação do psicólogo. A sensação de superioridade chancelando-o como dominador.

— O que foi? Você é superior demais pra pegar numa arma? Seus pais disseram que era errado? Eles estavam certos — diz Aluízio —, porque o senhor teve meios diferentes para sobreviver sem precisar disso. Sinta essa sensação pelo menos uma vez. Sou um policial, relaxa.

Thiago finalmente desliza o olhar para a pistola. Passa um tempo observando os olhos do policial e o acabamento gasto do objeto oferecido. Decide pegá-lo. Aluízio sorri enquanto observa as mãos do doutor, com unhas limpas e esmaltadas, segurando a arma como se ela pudesse explodir a qualquer instante. Pesava quase um quilo.

— O senhor deve estar acostumado a ter algum poder, não? — sugere Aluízio.

— Não como isso.

— Não diminua seu poder, doutor. O senhor me fez confessar um crime bem na sua frente. Se isso não for poder, o que pode ser então?

— Eu não vejo por esse lado. Acho que poder é uma ilusão e isso aqui, sem dúvida, ilude. Você concorda?

Aluízio ri de modo sombrio. Afasta as coxas. Relaxa um pouco mais sobre a poltrona. É interessante perceber o quanto uma arma letal desarma o psicólogo.

— Quando decidi que queria ser policial era por essa ilusão, sabe? Essa voz cochichando na tua cabeça, dizendo que se você quisesse acabar comigo agora, poderia. Eu queria ser o fodão, saca? Agora, olha só pra mim. Não posso deter minha própria mulher.

Thiago respira fundo, apoia o revólver em seu colo e o tornozelo direito sobre a coxa esquerda. Entrelaça os dedos sobre o joelho erguido.

— Estou curioso para saber o que ela de fato fez para desencadear essa reação sua.

Aluízio ri pelo nariz. Olha para o lado e deseja acender um cigarro. O medo da incompreensão volta a socá-lo por dentro.

— Minha mulher fala demais, doutor.

— Como assim?

— Ela fala muito. Foi o que eu disse. — Aluízio força o olhar apático de quem não espera concordância alheia. — Fala mais do que deveria.

— E ela está sendo mantida em cativeiro há dias por falar demais?

— Isso me irrita demais, doutor. Ela não consegue manter aquela maldita língua dentro da boca. Eu sou um policial. Não posso ter uma mulher fofoqueira, faladeira, que vive entrando em confusão por causa da própria língua, me entende?

— Mas como prendê-la poderá mudar seu hábito de falar demais?

— Apenas aconteceu! — grita Aluízio, em descontrole.

A voz do policial enche a sala com tremor. Thiago ergue uma sobrancelha, mas mantém a cara de interesse. Aluízio precisa estufar o peito para respirar melhor e, quando volta a falar, faz toda a força do mundo para reprimir o turbilhão de emoções.

— Estávamos discutindo, eu entrei no quartinho, ela foi atrás, não parava de me irritar sobre a porra das férias que eu nunca tiro. Ela não faz porra nenhuma, sou eu quem sustento a casa. Não serviu nem pra me dar um filho em todos esses anos. Eu fiquei nervoso, bati a porta, passei a chave por fora e ela ficou lá dentro. Ela bateu à porta, me chamou no início, mas eu não respondi. Daí ela desistiu. O tempo passou. Ela não dava um miado sequer e eu sabia que tudo aquilo era pra me provocar. Então eu *deixei ela* lá e fui viver a minha vida, entende?

Claro que não entende, pensa Aluízio, sentindo-se um idiota, otário e babaca. Nada daquilo faria sentido para ninguém além de si mesmo, e talvez da própria esposa.

Enquanto Thiago nada diz, Aluízio considera prender-se em um silêncio nervoso, mas quando menos percebe, já está falando mais.

— O problema foi quando eu percebi que eu não quero que ela saia de lá. Isso faz de mim um psicopata? Eu não tenho os traços. Minha mulher quer que eu seja algo que eu não sou. Não gosta que eu seja um policial, mas quer dinheiro. Enquanto eu trabalho, ela já me traiu pelo menos três vezes na minha própria casa. Ela não é essa mulher certa e religiosa que aparenta ser, entende? E eu sou tirado como o policial otário, porque eu tenho uma mulher que tripudia em cima de mim, conhecida pelo bairro como uma fofoqueira, vagabunda. Estou errado em querer um pouco de silêncio para os dois?

Os olhos de Thiago acompanham os do paciente, avaliando-o por dentro. Aluízio respira com incômodo, mas se agarra à pequena esperança de que talvez o doutor possa entendê-lo.

Poucas pessoas o compreendiam na vida. Ninguém aprovaria uma ação daquelas, mas é porque não viviam em sua pele. Aluízio sabe que é pior do que o cocô do cavalo do bandido, mas será que poderia pelo menos, nesse monte de lixo que no fundo ele acha que é, encontrar um pouco de redenção?

— Você a ama? — perguntou Thiago.

— Amo. O problema é que eu não consigo mais abrir aquela porta e olhar para ela. Eu tenho medo do que eu vou encontrar — revela Aluízio.

O peso que desmontava seus ombros parece aliviá-lo um bocado a mais.

— O que o senhor acha que vou ver?

— Eu acho que você vai encontrar os seus próprios medos. Acho que você é um homem claustrofóbico — diz Thiago sem rodeios. — Era esse o castigo que o seu pai te dava na infância? Ele prendia você?

Aluízio encara o psicólogo. Algo lhe diz para não gostar do tom de voz naquela fala, mas, ao mesmo tempo, uma memória brota em sua mente com uma acidez capaz de minguá-lo.

Tinha apenas seis anos de idade quando o pai o prendeu pela primeira vez. Se meter em conversa de adulto rendera-lhe um fim de semana inteiro de castigo dentro do quarto. Uma garrafa e uma caixa de papelão serviriam para as necessidades fisiológicas. Nos poucos minutos em que o pai saiu de casa, a mãe, aos prantos, abriu a porta para o filho respirar. Apesar disso, ela não podia fazer muito, pois corria o risco de tornar as coisas piores.

A garganta de Aluízio aperta no momento em que ele redescobre as outras vezes em que fora castigado da mesma forma. Na maioria das vezes, o padrão se repetia quando o pai dizia que ele falava demais, que morreria cedo por isso, que caguetar não era coisa de homem.

Aluízio precisou ser enclausurado muitas vezes até entender o limite da própria fala. No final das contas, até podia se expressar, desde que não discordasse do homem da casa. Teria ele se tornado exatamente como o opressor que, apesar de tudo, ele amava?

Ao pensar nisso, Aluízio não percebe em qual momento Thiago passou a segurar a pistola dotado de habilidade, apontando-a para a sua direção.

— Você é do tipo de pessoa que julga as outras considerando apenas o próprio ego — diz Thiago, preparando o próprio corpo para o impacto do disparo.

— Do que…?

— Você achou que eu nunca havia puxado o gatilho, mas não conhece nada sobre o meu passado.

— Está certo…

— Gosta de ter nas mãos o poder de decidir se uma pessoa vive ou não?

— Abaixe a arma, Thiago.

— Relaxa. Você queria que eu sentisse o seu poder. Concordo que é muito sombrio estar do lado de cá. Se eu beber do poder um pouquinho a mais, bum.

— Ok. Abaixe a arma, doutor.

Thiago destrava a pistola. Aluízio ergue as mãos devagar. O que vê nos olhos do psicólogo faz com que seu coração bata mais forte. Se morrer ali, quanto tempo levará até descobrirem sua esposa presa na dispensa?

O policial tenta trazer à mente o protocolo da profissão. A distância o impede de desarmar o oponente.

— Você acha que esse poder é abusivo?

— Doutor...

— Responda minha pergunta! Não é abusivo o meu gesto? — engrossa Thiago.

— Sim.

— Não é um ultraje eu ter nas minhas mãos o poder de decidir se quero que você viva ou não?

Aluízio passa os olhos pelo cômodo, avaliando as possibilidades de distrair o psicólogo. Precisa obedecê-lo, entrar no jogo, conduzi-lo.

— Terá que lidar com consequências depois.

— Eu não quero falar sobre as consequências. Quero falar sobre o que acontece se eu puxar o gatilho agora. O que acontece se eu resolver explodir sua cabeça agora mesmo?

— Você terá DNA por toda a sala. É um homem negro atirando em um policial. Diploma algum poderá salvá-lo.

— Então você concorda que não cabe a mim decidir se você vive ou não?

— Eu concordo. Essa decisão é minha. A vida é minha.

— Então por que está privando sua esposa de viver da forma que ela quer?

— Porque ela é minha mulher.

— E você é meu paciente.

Thiago apruma os movimentos uma última vez, pronto para atirar.

— Isso me dá o direito de te obrigar a viver como eu quero? Você é propriedade minha?

A pergunta invade Aluízio com a pressão da bala que Thiago nunca disparou. O cheiro da urina emplastado no quarto feito de cativeiro. O cabresto invisível enrolado em seu pescoço denominando-o como propriedade do pai. Toda aquela merda agora reproduzida por ele sem que pudesse notar as lembranças soterradas nos becos escuros da mente.

— Eu sou como o meu pai, que era como o meu avô — confessa Aluízio, com um sorriso amargo.

— Você é tão diferente assim?

Thiago não demora para abaixar a arma e voltar a respirar com tranquilidade.

Aluízio nem se importou em dominar o revólver ou algo do tipo, tamanha a ferida estourada na consciência.

— Todos nós, homens pretos, temos que lidar com uma série de monstros particulares. Eles tiveram acesso ao nosso ego. Nós os criamos sem nunca querer. Cabe a nós quebrarmos esses ciclos.

Thiago se aproxima de Aluízio e entrega-lhe a pistola com um estranho olhar de agradecimento.

— Pare de projetar seus pesadelos em seus relacionamentos. Sua esposa não tem a mesma história que você, Aluízio. A liberdade dela não deveria ser uma ameaça.

Aluízio desvia o olhar para a companheira de trabalho em suas mãos.

Leva um tempo até voltar a falar e, quando pergunta, ainda não consegue encarar nada além do vazio.

— O que acha que eu devo fazer com ela agora?

— Você algema pessoas, mas não tem as mãos livres. Tranca pessoas em cadeias, mas sua mente vive em uma eterna prisão. Não é sobre ela, Aluízio. É sobre você. O que você acha que deve fazer consigo mesmo agora?

Aluízio empurra saliva para dentro. O coração do tamanho de um caroço de abacate.

— Me diga você. — Foi o que conseguiu dizer.

— Você está preso aí dentro. Não grita. Não esperneia. Não sente. Mas está morrendo e só há uma forma de acabar com isso. Use a chave.

Meia hora depois, Aluízio chega em casa, vai até a dispensa, tira a chave do bolso, destranca a porta, caminha até a esposa e, quando cai de joelhos, libera a represa da alma.

Lá fora, uma sirene de polícia grita. Aluízio não se importa e despenca a falar sozinho numa ladainha libertadora, quase como uma reza em resposta a tudo o que acumulava em si desde as prisões da infância.

De pé, Regina observa-o por um longo momento. Então, ela ajoelha à sua frente e revela uma chave igualzinha à que Aluízio usara há poucos minutos. Com a expressão cansada, a mulher passa os dedos no rosto suado do homem em um gesto de despedida.

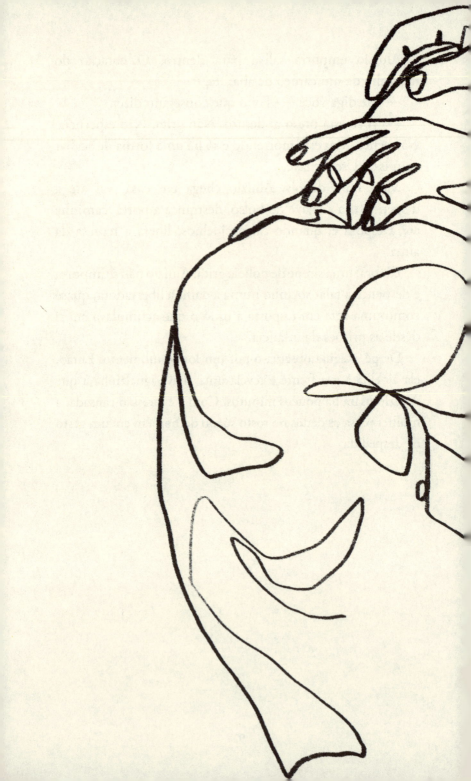

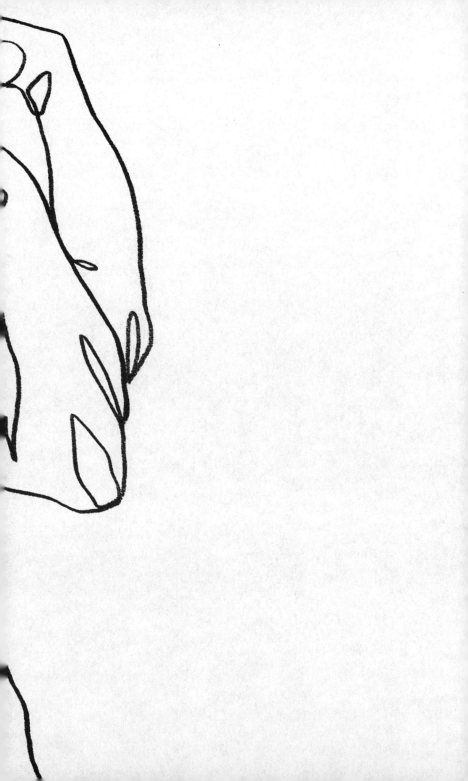

meia
noite

Faltavam cinco minutos para a meia-noite quando Uba arrastou o corpo pela cama e resolveu se sentar. O companheiro, sonolento, sorriu sem se importar. Apenas rolou para lhe dar as costas e afundar no sono de novo. Uba não se importou com o gesto. A ansiedade do dia mais feliz de agosto fazia cócegas em seu peito. O coração batucava em descompasso com o silêncio da casa.

A qualquer momento...

Foi quando a memória o arrastou para a escuridão borrada do passado e, de repente, ele voltara a ter oito anos e meio. Deslizou a palma das mãos pelas paredes geladinhas do casarão onde morava com Vitória, sua irmã, e o pai, Ubaldo. Tomavam conta da casa de um senhor para quem Fabíola, a mãe, trabalhara enquanto viva. Apesar de esquecida no fim do mundo, era uma boa residência com cômodos frescos e espaçados. Tudo na vida era feito de simplicidade e praticidade. Nos fundos, além do pé de goiaba, havia a horta de Ubaldo, exibindo de tudo um pouco: alface; couve; tomate; quiabo; cenouras; pimentões... E quanto mais o tempo passava, mais a horta se expandia. Quando o pai degolou as poucas galinhas do quintal, almoço e janta passaram a depender do que vinha da terra.

Naquele resgate de memória, Uba sentiu na língua o gosto da comida preparada pelo pai. A lembrança do pai diante do forno e com as mãos sujas pelo preparo sempre fora viva para ele. De alguma forma, sabia que o homem temperava com carinho e dedicação. De manhã e à tarde, era sempre chá de capim-limão com um pedaço de pão ou angu frito. Nas outras refeições, quando sobrava algum trocado, havia certa diversidade. De vez em quando, salsichas, dorso de frango e, sem falhar, ao menos uma vez no mês, a carne favorita do menino: fígado de boi.

Uba visitou todas essas memórias como se elas fossem uma fumaça envolvente, leitosa e evanescente, mas, apesar dos momentos bons da infância, as recordações não eram todas agradáveis. As ruins também o atravessaram, castigando-o com dor, permitindo-o sentir outra vez o peso das mãos do pai, os hematomas instantâneos das lapadas de vara de goiabeira, os pratos quebrados nos fins de semana em que ele bebia demais. Nos olhos da única pessoa com quem compartilhava o mesmo nome, Uba sempre encontrava o mesmo olhar seco e perdido de quem não consegue encontrar a paz.

Tinha poucas memórias da mãe, pois ela havia se despedido da vida quando ele e a irmã eram ainda mais pequerruchos. Uma única foto na cabeceira do pai dizia como ela era: a pele negra, como a de todos ali, e um sorriso aberto com o qual o menino chegara a sonhar mesmo depois de grande.

Assim como fora arrastado, foi trazido de volta ao presente, resistindo à viagem causada pelas constantes memórias. Arfando, conferiu o relógio do celular ao lado da cabeceira. Faltavam dois minutos para meia-noite, mas a sensação gostosa de expectativa tinha aberto um caminho de mau presságio. Lutou para controlar o pânico iminente e não despertar o companheiro do sono sagrado. Deixou as pálpebras caírem e aguardou a chegada de qualquer mantra capaz de consolá-lo, mas nada veio além da força reminiscente dos velhos tempos, arrastando-o uma vez mais.

Uba sentiu a própria alma escorregar para o ralo em forma de espiral. Agarrou-se a paredes invisíveis, mas, no fim das contas, a pressão do passado sugou-o num último sorvo barulhento.

Lá estava ele, Ubazinho, que, na verdade, era Ubaldo Júnior, chegando da escola um pouco antes de o sol se pôr. Deus tinha resolvido pintar o céu de rosa, laranja e azul. Apesar do espetáculo celeste, Uba não conseguiu admirar coisa alguma. Atravessou o quintal escondendo algo atrás das costas. O alvo estava à sua frente: Ubaldo pai que, sentado na escadinha logo à porta de casa, encaixava o bico da metade de uma garrafa pet em um cabo de vassoura.

Ubazinho notou as muitas dobras na testa do pai, conferindo-lhe uma expressão carrancuda. Os gestos apressados e bruscos indicavam que aquela não seria uma boa hora, mas ele só pôde perceber tais sinais depois de revisitar a mesma memória muito tempo depois.

— Pai, fiz uma coisa pro senhor — disse o menino com a voz tímida e coração nervoso.

O pai pareceu irritado com a voz do filho e com toda a encenação. Fuzilou-o com um olhar de ódio e exibiu a arma que construía com o cabo de vassoura e meia garrafa.

— Eu também fiz uma coisa pra você. Sabe o que é isso aqui?

Atingido pela voz de trovão, Ubazinho tremeu de medo. Os dedos precisaram apertar o presente atrás das costas.

— Isso aqui é um desentupidor de vaso — disse o pai. — Pra limpar todas as cagadas que você e sua irmã fazem.

O homem jogou o desentupidor caseiro na direção do moleque, que nem teve tempo para reagir. Antes de cair no chão, o cabo bateu no meio da testa de Ubazinho, fazendo um barulhinho contínuo dentro de sua cabeça e criando imediatamente um galo. O menino não sabia o que fazer quando encarou o lampejo de raiva nos olhos perdidos do pai. Decidiu abaixar a cabeça e entregar-lhe o presente que havia feito com tanto carinho na escola, um cartão feito com folha de papel ofício e um desenho do mágico Mister M envolvido pelos dizeres:

"Você é o melhor pai do mundo".

Quando viu o presente de Dia dos Pais, que seria no próximo domingo, os olhos do homem se encheram com o vazio. Ele amassou o cartão com as mãos, afagou a cabeça do filho num gesto que mais pareceu um tabefe, e saiu pelo quintal desnorteado, desaparecendo por mais de uma hora.

No domingo à tarde não houve comemoração alguma, e Ubazinho precisou gritar com a irmã mais nova, pois não queria brincar de nada. O céu estava borrado de cinza quando ele resolveu levar os sacos de lixo para o latão antes que o pai reclamasse. Foi quando ele encontrou o cartão do Mister M rasgado. A chuva começou a cair forte e ele se ajoelhou junto aos montes de lixo por um longo tempo. Gostaria de ter chorado, mas não havia nada em seu olhar.

Agora, com mais de quarenta anos e pai, Uba retornou para a cama, ao lado do companheiro, com o rosto quente. Precisou engolir em seco e respirar fundo algumas vezes para afastar os apertos do trauma. O relógio do celular finalmente marcou meia-noite.

Uba tinha o coração fora do ritmo quando deslizou as pernas pela cama, calçou os chinelos, apertou o roupão e caminhou até a sala. O envelope de papel pardo descansava debaixo da porta, como sempre ocorria uma única vez por ano desde quando seu moleque tinha dez anos.

O homem sorriu por dentro em um gesto aliviado. Apanhou o envelope e deixou os lábios sorrirem diante da pintura em suas mãos. Com pinceladas de tinta a óleo, Mathias havia se superado em um dos seus melhores desenhos até ali: um coelho saindo de uma cartola.

A assinatura do filho vinha acompanhada dos dizeres de quem conhecia a história do pai e fazia questão de lembrá--lo do quanto o estimava:

*"Você é o melhor pai do mundo.
Feliz Dia dos Pais".*

Ubaldo manteve o sorriso e seu coração se preencheu com todas as cores daquele céu que ele nunca pôde observar.

se possível, que o

seja melhor seu pai

barba

As mãos de qualquer fada perdiam de lavada para as mãos de Russo. O jeito como fazia a navalha deslizar, a pontinha dos dedos escorregando de leve pela bochecha do cliente. O corpo respeitando a distância, mas fazendo desejar que se encostasse um pouco mais. Olhos condensados, escrutinando cada milímetro do rosto a ser moldado, como se o barbeiro estivesse produzindo uma escultura. Às vezes, era possível sentir a quentura do hálito de Russo ou contar a frequência de sua respiração forte e acelerada, que em nada combinava com a serenidade dos gestos. Nunca errava. Nenhum filete de sangue ou movimento desigual. Ricardo pensou em tudo isso quando beijou a esposa em despedida naquela manhã.

— Amor, você não acha que está gastando muito na barbearia? É uma visita por semana.

O homem abriu um sorriso amarelo, acostumado a esconder seus pensamentos do dom natural da maioria das mulheres: a telepatia.

— Não posso determinar o ritmo de crescimento dos meus pelos, nem do crescimento de outras coisas.

Ricardo envolveu a mulher com os braços roliços, mas o abraço servia mais para ocultar-se diante dela. A certidão de nascimento dizia que Lucinha era parda, mas ele gostava de chamá-la de "minha preta".

— Não tem crescido tanto assim nos últimos dias — confessou ela, com um sorriso tímido.

— É o cansaço.

Lucinha baixou os olhos, pensou por um momento e depois enfiou o olhar nele, decidida.

— Quero o lenhador na minha cama de novo, o lenhador de antes. Deixe a barba crescer, Ricardo. Estou te pedindo.

O marido suspirou e soltou-a com um gesto suave.

— Eu preciso ir. — Foi tudo o que disse antes de dar-lhe um selinho de despedida.

Estacionou o Monza velho na esquina da barbearia sem conseguir esconder a ansiedade pelo vício. Era isto o que havia se tornado: um viciado.

— E aí, negão? Toda quarta, firme e forte — brincou Josias, o barbeiro disponível.

— O trabalho pede — mentiu Ricardo, trocando um aperto de mãos com o homem de farto bigode.

A barbearia era um estabelecimento bem chique quando comparado aos demais da região. As portas de vidro impediam os clientes de sentirem o odor das entranhas de um açougue do outro lado da rua, o ar-condicionado a 23°C mantinha um clima ambiente, *FM O Dia* rolando baixinho em uma caixa de som.

— Não quer fazer comigo desta vez, não? Bora, negão. O Russo começou agora. Vai demorar duas horas ali — disse Josias.

—Vai roubar cliente da tua mãe — disse Russo, sem sequer desconcentrar-se da barba sob suas mãos. Seu cliente quieto, feito uma estátua, desfrutava do momento ímpar.

Ricardo sempre se perguntava o que acontecia com os caras que se sentavam naquela cadeira. Os clientes de Russo eram como esculturas humanas. Não eram como os outros que tricotavam papo de barbearia, rindo alto em uma chacota cíclica. Eles apenas fechavam os olhos e entravam em transe, silenciosos como o barbeiro.

Russo terminou seu trabalho, recebeu o pagamento e chamou o próximo com um olhar. Ricardo obedeceu ao gesto e logo relaxou sobre a cadeira inclinada. Finalmente!

Tinha esperado uma semana para viver aquilo outra vez.

— O de sempre? — perguntou Russo atrás da cadeira.

— O de sempre.

Ricardo foi até Júpiter e retornou. Quase molhou a cueca.

Para o terror de Lucinha, naquela semana nem a barba nem qualquer outra coisa cresceram em seu marido. Ricardo até tentou uma brincadeira ou outra depois que as crianças já tinham ido dormir, mas o amigo de baixo não levantava de jeito nenhum. Ele continuava culpando o trabalho e alegando sobrecarga, mas as sobrancelhas de Lucinha já começavam a se erguer em sinal de descrença.

Na terça-feira da outra semana, Ricardo estava já pronto para o trabalho e terminava de tomar seu café quando a esposa, depois de um silêncio sepulcral, sentou-se à mesa com o celular na mão.

— Acabei de mandar um negócio para o seu Instagram. Depois vê — pediu.

— Instagram? Eu nem uso isso, preta. Fala aí.

— Eu acho que você deveria marcar uma consulta.

— Consulta de quê? — perguntou Ricardo, confuso.

Lucinha cruzou os braços e avaliou-o com indignação.

— Como assim de quê, Ricardo? Preciso do meu homem de volta!

— Eu não sou só um pau, Lúcia.

— Você não está me traindo — a mulher afirmou.

Ricardo fez cara de desentendido.

— Você não está me traindo, porque eu tenho olhos em todos os lugares — disse cheia das certezas —, então só há duas possibilidades pra você: ou perdeu o interesse em mim, ou está com algum problema de disfunção.

O homem sentiu-se tão medíocre que bateu os pés até a pia, jogou fora o café e lavou a caneca usando o jato máximo da torneira. O redemoinho de pensamentos poderia levá-lo à loucura. Os sinais de ansiedade já apareciam como coceiras pelos braços.

Ricardo não se deu ao trabalho de responder ou conferir o que a esposa havia mandado pelo Instagram. Na verdade, ele mesmo não tinha certeza de nada, não sabia o que estava acontecendo. Reservava todos os impulsos para as manhãs de quarta. Nada se comparava aos arrepios na nuca e às coisas indizíveis que imaginava quando Russo esculpia seu rosto; somente isso seria o suficiente para afetar sua relação sexual com Lucinha? Será que...? Não! Não e não.

No dia seguinte, quarta-feira, lá estava ele de novo. Pouco importava se o membro não se levantava mais com a mulher. Queria aquilo, o silêncio de Russo. A dedicação a cada centímetro seu, o geladinho da espuma de barbear, o contraste entre a firmeza das mãos e a delicadeza dos gestos. Naquela cadeira, ele tinha certeza de que a mensagem da clínica para homens com disfunção erétil, enviada pela esposa, não fazia o menor sentido.

Quando Russo estava quase no fim do trabalho, Ricardo sentiu-o empurrar alguma coisa com gentileza para o bolso de sua calça. Mãos e pélvis tão próximos um do outro. Ricardo pagou, sorriu, acenou para todos e disfarçou a ansiedade até esconder-se atrás do vidro fumê do próprio carro. O coração batia forte quando enfiou os dedos no bolso da calça e puxou um cartão da barbearia. Letras miúdas, desenhadas com caneta preta, diziam:

Amanhã, na esquina do ferro velho, às 19h45.

Ricardo precisou ler o cartão mais de dez vezes. O que aquilo queria dizer? Seria uma mensagem secreta? Um encontro? Poderia confiar em Russo? Uma armadilha? Uma mensagem aleatória?

Dirigiu o carro doidinho da silva. Trabalhou com centenas de carrapichos na cabeça. A palavra "traição" chegou a relampejar em seu imaginário. Tá maluco, Ricardo!? Merda de adolescência mal vivida — reprimiu-se como de costume.

Conhecendo a esposa que tinha, precisou queimar o cartão e jogar as cinzas em um bueiro na cidade. Foi ao realizar esse exercício que ele decidiu contar tudo para a esposa. Ela merecia saber. Daria um jeito de dizer que tinha algum problema psicológico. Não entraria em detalhes, nem falaria de Russo, mas, sim, diria que estava pensando em outra pessoa e que isso agora o atrapalhava. Lucinha faria um escândalo, mas ele sabia que, se fosse sincero, poderiam passar por aquilo juntos. A esposa era a pessoa mais incrível que ele já conhecera. Não poderia enganá-la daquela maneira.

Quando retornou para casa, já tinha o discurso nos lábios quando abriu a porta da sala. Lucinha tinha se transformado em uma Mulher-Gato. Sexy. Nossa! Uma bota de couro com cano longo, calcinha minúscula e transparente, os seios redondos — e perfeitos por serem imperfeitos — a máscara ressaltando o olhar em chamas, o chicote firme em uma das mãos.

— Miau. Pronto para a brincadeira, Ricardão? — Ele perdeu todas as palavras e planejamentos. Naquela noite, agradeceu o fato de as crianças terem ficado na casa da avó.

Ele e Lucinha gemeram pela casa inteira e, se ela não tivesse ligado as trompas, ele tinha certeza de que teriam feito dezenas de filhos de uma vez só!

Na manhã seguinte, o café foi diferente. Lucinha, que trabalhava em home office, tomou banho logo de manhã, escolheu roupas novas, maquiou-se, apoiou-se em salto alto e tudo.

— Pra que isso tudo, mulher de Deus? — perguntou Ricardo, bebericando o café e terminando o queijo quente.

— Acordei inspirada e quero manter minha inspiração até o fim do dia de trabalho — respondeu ela, animada —, então cancela a visita ao urologista, gato.

— Gata é você — disse ele, com um sorriso satisfeito.

A esposa não se importou com o gosto de café na língua de Ricardo. Tascou-lhe um beijo bem mais quente do que o selinho de antes e despediu-se para o escritório. O homem chegou a inflar o peito e empinar-se feito um pavão, observando as curvas da esposa até o último segundo.

O dia de trabalho foi excelente, mas, quando o sol se despediu, as malditas palavras do barbeiro voltaram a piscar em sua mente: *"Amanhã, na esquina do ferro velho, às 19h45"*. Essa história precisava acabar. Não tinha mais dúvida nenhuma do quanto desejava a esposa, do quanto era macho. Toda aquela putaria de barbeiro precisava ter um fim, mas se pensasse em Russo por um pouquinho mais de tempo... Merda. O homem silencioso morava em um canto esquisito dentro de seus pensamentos. Não poderia trazê-lo à luz, não queria. Queria, mas não queria.

Ricardo sentiu os olhos imaginários da esposa queimando sobre si quando desviou o carro do caminho de casa e acelerou até o único ferro velho da cidade. Eram 19h50 quando ele estacionou, arregaçou as mangas do blusão e bateu a porta do carro, pronto para tirar satisfação com o outro homem.

Russo escolhera o ferro velho porque ficava em uma rua deserta. O bairro já não funcionava mais àquela hora da noite. A luz amarelada de um poste ofertava o mínimo de claridade para a sombra do homem debaixo de uma árvore na calçada. A esquina era perigosa e aquela aproximação também, Ricardo bem sabia.

— Você está atrasado — disse Russo, com as mãos nos bolsos.

— E daí?

Ricardo observou Russo melhor pela primeira vez. Nunca conhecera um homem albino além dele. Tinha a pele mais clara do que uma folha de ofício, mas era negro como ele, os traços não podiam esconder. Ricardo nunca vira a neve, mas sempre imaginava que os cílios e sobrancelhas de Russo se assemelhavam a isto: pedacinhos de pelo com flocos de neve. A barba bem aparada e o cabelo branco. A estrutura de um armário. Se Russo decidisse dar-lhe um jab nas costelas, Ricardo lutaria muito para se recuperar.

Enquanto analisou o homem, sentiu que também era avaliado. Soltou um pigarro e continuou a falar com firmeza.

— O que você quer comigo? Por que quis me ver aqui?

— Espero por você toda quarta — respondeu o barbeiro, dando de ombros. A voz disciplinada, calma e forte.

— É, mas eu vou parar de ir. — Russo riu.

— Era de se esperar.

Ricardo cruzou os braços. Sentia-se como uma bexiga furada, perdendo o ar de machão aos poucos.

— Você sempre traz sua clientela pra cá? É isso?

— Você é o primeiro — disse Russo.

— Não zoa o plantão, cara. Corta essa.

Russo sorriu. Ricardo ficou um pouco mais leve.

— O que você quer? Não tem amigos? Quer alguém pra conversar, é isso?

— Tenho amigos, sim.

— Então é o quê, porra?

— Você vai fingir que não sente nada?

— Do que você tá falando?

Russo deu dois passos até Ricardo e agarrou-o com um braço. Seus gestos mesclavam a firmeza e a gentileza.

— Se quiser partir pro soco, tá suave. Tô aqui, porque quero saber o que você sente toda quarta, o que sente por mim.

Ricardo engoliu em seco. Olhou aflito para os lados. Se alguém o visse tão próximo de Russo e fora da barbearia... Os olhos da esposa agora pareciam com o Olho de Sauron, de O Senhor dos Anéis. A qualquer momento, arderiam em chamas e ela surgiria na ponta da rua com as mãos na cintura. Gritaria seu nome e...

— Eu não sinto nada, cara. Você é um bom barbeiro. É isso. Um bom profissional.

Russo examinou-o por inteiro uma última vez até soltar seu braço com um suspiro de decepção.

— Pois é. Eu sinto. Queria tentar algo a mais com você, mas, pelo visto, seu medo não vai permitir.

— Meu casamento.

Quando percebeu, já tinha falado. Já tinha confirmado que também queria, mas... Os dois encararam as verdades um no olho do outro.

— Quero você — disse o barbeiro.

Ricardo percebeu a sequidão na boca. O coração disparado no peito. Imaginou as aventuras que poderia viver com o outro homem. Os pensamentos afogados na adolescência retornando de um sono mal dormido. As afirmações sociais descolando-se do peito e entrando em uma dança animalesca com a culpa, com o sabor da traição. Traía a todos: a Russo, à esposa e a si mesmo. Russo não disse uma palavra a mais. Balançou os ombros, deu as costas e desapareceu pela rua, deixando Ricardo feito uma bexiga murcha.

Quando Ricardo voltou para casa, Lucinha nem parecia ter notado seu atraso. Já tinha arrancado as roupas do home office, mas fez questão de mostrá-lo as alças de uma cinta liga vermelha. Não houve, no entanto, nem metade da empolgação da noite anterior. Ricardo praticamente dormiu com Russo, habitando e revirando todos os seus pensamentos. O barbeiro alastrou-se como um veneno sedutor em sua consciência e ele sonhou com coisas indizíveis dentro daquela barbearia.

Os pelos da barba de Ricardo pareciam saber que precisavam crescer rápido, ansiando pela quarta-feira. Quando chegou o dia certo, o lenhador exibia seus primeiros vestígios nas bochechas. A barba crespa havia despontado como um clamor pela visita a Russo.

— Hum. Está deixando crescer? — perguntou Lucinha após o selinho de despedida.

— Você não entende que eu não quero ter barba, Lúcia? Inferno. Para de insistir com essa merda — ralhou o homem, estressado.

A esposa assustou-se e cruzou os braços, furiosa com a falta de um pedido de desculpas. Ricardo apenas entrou no Monza e dirigiu desesperado. Tinha contado os dias e as horas, daria o que Russo queria. Resolveria com Lucia depois, mas se entregaria àquilo. Puta merda! Queria aquela conexão com todas as suas forças.

— Cadê o Russo? — perguntou quando viu os dois outros barbeiros trabalhando sozinhos.

— Ih, negão. Ele não vem há dias. Está doente.

Com uma única batida sentimental, o coração de Ricardo sinalizou sua tristeza. A cadeira vazia de Russo emanava arrependimento e solidão. De uma forma ou de outra, Ricardo sabia que o barbeiro não voltaria. Dito e feito.

As semanas se tornaram meses e Ricardo perdeu todas as esperanças, desistindo até mesmo de manter a barba aparada. Voltou a fazer a própria barba. Chegou até a passar o bastão de Russo para Lucinha, que aceitou de bom grado. Ela levava jeito, mas Ricardo não estava a fim de suas mãos de fada. Resolveu deixar o tão desejado lenhador retornar. A esposa ficou feliz da vida. Com o tempo, as coisas se realinharam na cama. Uma boa sintonia sexual entre os dois, até os filhos notaram. Um ano depois, Ricardo repetia o selinho de despedida para o trabalho, quando Lucinha recuou enojada.

— Ai, Ricardo, já deu. Tira essa barba. Era melhor sem. Isso tá horrível, parece um Papai Noel preto.

— Ué, você não queria o lenhador?

— Resolva isso hoje — avisou ela, dando-lhe as costas.

O coração de Ricardo ficou pequeno dentro do peito, mas a vida o havia treinado para nada demonstrar. Foi quando ele se enfurnou dentro do Monza por um longo tempo, pensando no que faria. Chegaria atrasado no trabalho, mas precisava tentar.

Dirigiu até a barbearia chique e, de repente, sentiu o estômago gelar, como se Russo o estivesse aguardando durante um ano inteiro, pacientemente.

— O bom filho retorna ao lar! — brincou Josias, o barbeiro do farto bigode.

Todos os olhares se voltaram para Ricardo, que sorriu das piadas sobre sua barba gigantesca.

— E o Russo? Nunca mais voltou?

A pergunta liberou o gás do silêncio constrangedor. Os homens se calaram e focaram nos clientes.

— Ele foi assassinado na esquina do ferro velho.

— Mexeu com um cliente — contou Josias.

De primeira, Ricardo pensou não ter ouvido certo. Depois, entristeceu-se. Enquanto aguardava no banco de espera, imaginou as mil coisas que poderiam ter acontecido para aquele fim repentino e as outras mil coisas que teriam feito, ele e Russo.

Durante todos os meses que haviam se passado, Ricardo nunca acreditara na afirmação do barbeiro: "Tenho amigos". De todas as coisas que ele havia dito, essa era a única que soava como uma mentira. Talvez tivesse morrido tentando começar a vida com outro homem, talvez tivesse morrido em busca de um amigo. O substituto de Russo era um homem preto com riso contido e olhos calmos. Terminou com seu cliente, recebeu e chamou o próximo com um gesto nostálgico, ao qual Ricardo já estava desacostumado. Ricardo sentou-se na cadeira e trocou um olhar com o novo barbeiro pelo espelho.

O homem analisou a barba de Ricardo com toda a tranquilidade do mundo. Com dedos firmes e gentis, amaciou a bucha de pelos crespos de que a mulher sentia nojo e, no olhar, Ricardo sentiu o mesmo convite que Russo fizera debaixo daquela árvore, agarrando seu braço. O olhar de quem queria algo a mais.

Desta vez, Ricardo sabia exatamente o que fazer.

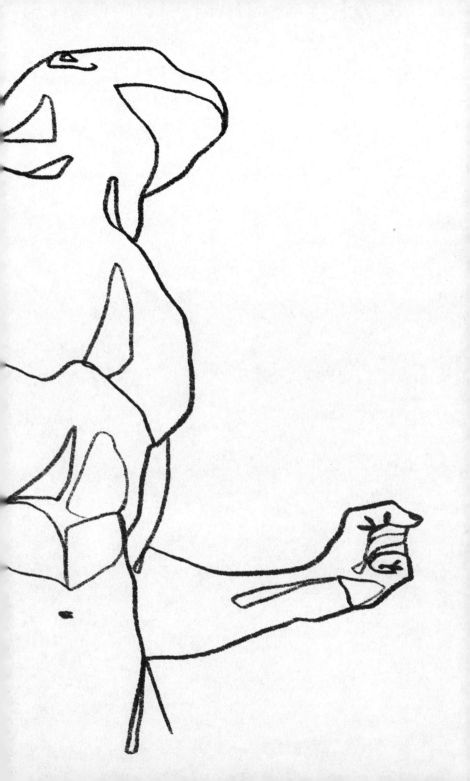

sabonete

Wagner girou o registro enferrujado e deixou a água da ducha cair fortemente. A sensação de relaxamento foi instantânea, abafando um pouco o falatório dos moleques. Diziam que as mulheres é que falavam pelos cotovelos, mas nada disso fazia muito sentido para ele quando se reunia com os colegas. Principalmente num evento como aquele, um acampamento escolar.

Os garotos do nono ano tinham os hormônios à flor da pele. Naquela idade, entre os treze e quinze anos, tudo mudava muito rápido. As transformações no corpo de um rapaz adolescente costumam ser como um tiro no escuro e eles demoram a saber como ficarão no final. Na turma de Wagner, alguns espichavam, outros ganhavam penugem no rosto, outros lutavam contra a acne. A grande maioria ficava mais boboca do que nunca e qualquer fala de duplo sentido poderia gerar horas de riso e provocação. Uns ficavam desengonçados, outros introvertidos, alguns sentiam a voz engrossar e ainda havia aqueles que passavam a apreciar o selvagem prazer de ir pra escola sem cueca por baixo do short. Todos, sem exceção alguma, tinham os desejos da carne lhes possuindo o corpo à procura de alimento para além da imaginação.

No paredão das duchas, onde todos os rapazes eram obrigados a tomar banho sem qualquer privacidade, Wagner esqueceu os sons ao redor, perdendo-se em um momento quase que de paz. Enquanto se ensaboava para remover o cheiro do futebol no campo, pensava no efeito transcendente sentido na noite anterior, quando experimentou o cigarro de maconha pela primeira vez. Precisou lutar contra o desespero de parecer chapado. Afinal, nem mesmo os monitores poderiam sequer imaginar o que os caras mais velhos, da 903, tinham levado para o sítio da escola.

Wagner se lembrou da vontade de rir o tempo todo e de ver o tempo passar em um looping lento e infinito. Pensou em como seu corpo ficou sensível aos extremos e, de repente, ali no chuveiro, lembrou-se dos lábios apaixonantes de Rebeca. Queria tanto beijá-los que daria qualquer coisa para ter um momento de intimidade com ela. Nunca tinha tocado os lábios de uma garota, tampouco se sentira desejado por uma. Sua mãe dizia que ele era muito bobo para coisas do tipo e não conseguia perceber o quanto algumas delas arrastavam asas para ele. Wagner considerava a baboseira como lorota de mãe protetora e nada mais, afinal, todas elas enxergam beleza em seus filhos mesmo quando eles nascem como o Urias do sétimo ano, com cara de jacaré.

O fato era que, quando ninguém via, Wagner testava seu primeiro beijo. Na cabeceira da cama, ele esfregava os lábios, imaginando oferecer à Rebeca um beijo colante e sensual, mas tudo o que podia sentir de volta na língua era o gosto de madeira chupada. Ficava impregnado por horas, como nas vezes em que, quando criança, ele chupava as pontas das roupas estendidas no varal.

Wagner já tinha testado em espelhos, nas curvas de um funko pop e usando os dedos indicador e médio para simular uma boca. Bastava um pouco de imaginação e... pronto, tinha os lábios de Rebeca nos seus e até passava as mãos entre os caracóis do cabelo dela com cheiro de xampu de framboesa...

— Coé, negão, deixou o sabonete cair — disse Caio, o colega ao lado. Por algum motivo, a maioria dos garotos naquela idade falava alto e em alvoroço.

Wagner se assustou de leve e logo se viu envolvido pela onda de zoação. Aquilo funcionava do mesmo jeito que ser pego desprevenido na praia por uma onda repentina. Se ela escolhesse você, a melhor opção não seria fugir, mas nadar junto ao curso da crista. Entre os meninos, a regra sempre fora tão idiota quanto sagrada: se um sabonete escorrega durante o banho, os garotos não podem se abaixar para pegá-lo, porque se o fizerem, terão a masculinidade discutida — embora eles usassem termos mais práticos.

— Bora, abaixa aí — brincou um deles.

— Eu sei que tu quer — instigou um outro com risadinhas insinuantes.

— Olha aí. Tá grandinho já — disse Cabeludo, apontando para as partes baixas de Wagner.

Sempre havia alguém com um comentário infeliz capaz de mudar o curso da onda acidentalmente para si mesmo. Assim, uma bomba de "hmmm" explodiu para André, conhecido como Cabeludo, seguida por uma saraivada de gargalhadas. Enquanto alguns garotos chegavam a se dobrar de rir, Wagner aproveitou para correr até sua mochila, disfarçando o volume crescente do membro. Nunca mais pensaria nos lábios de Rebeca em público.

— Vai deixar o cara ficar te manjando, Wagner? — disse Fabinho, um dos alunos mais velhos e respeitados da 903. Tinha a pele clara, os olhos de mel e, por causa dos músculos espalhados pelo corpo inteiro, se autodefinia como o "Terror da mulherada".

Wagner enrolou uma toalha na cintura e franziu a testa. Não sabia muito bem se os meninos da turma aclamavam Fabinho na esperança de conseguir pegar a sobra das meninas que ele beijava, ou se queriam lamber suas bolas. O fato era que os alunos não queriam tê-lo como inimigo. Ninguém costumava desobedecê-lo, tampouco Wagner.

— Pô, coé, Cabeludo, vai ficar de olho no pau dos outros, viado? — brigou Wagner.

Cabeludo, doido pra escapar do curso da onda, empurrou-a de volta.

— Você chama isso aí de pau? Nem parece que tu é preto.

— Vai se foder — xingou Wagner, atingido.

Wagner revirou as coisas na mochila. Em silêncio, torceu para que o momento acabasse, mas Cabeludo caminhou pelado em sua direção, disposto a perturbá-lo.

— Aposto que tu nunca nem usou isso aí — disse ele.

— Quer que eu use em você?

"Hmmm", "Uuuiiii", "Aiii" e "Ssssss" ecoaram por todo o banheiro. Os garotos ao redor pareciam assistir a uma briga de galo. De repente, Fabinho aproximou-se dos dois esquentadinhos e fez a maior cara de interrogação para Wagner.

— Não, pô. Fala tu. Quem tu já comeu? — perguntou Fabinho.

Sem as duchas ligadas, a pergunta do Terror da mulherada ecoou pelo banheiro, que, em seguida, foi tomado pelo silêncio. Se tivesse a pele clara como a de Fabinho, Wagner teria ficado vermelho como um pimentão. Gaguejou, abaixou a cabeça e fingiu procurar por algo enquanto os outros garotos se entreolhavam, rindo.

— Tu é virgem, moleque? — quis saber Fabinho.

— Claro que não — Wagner apressou-se em dizer. Cabeludo aproveitou para instigar dizendo:

— É sim, tá na cara, pô.

Wagner engoliu em seco, irritado. Se os amigos soubessem que em seu ranking de língua mais gostosa estava a madeira da cabeceira e os bonecos de super-herói...

— Vai me dizer que todo mundo aqui já comeu alguém? — redarguiu Wagner, mas a voz saiu mais baixa do que gostaria.

Os rapazes riram como se ele estivesse equivocado. Alguns exibiram um vislumbre de insegurança no olhar, mas disfarçaram estufando o peito, rindo pelo nariz e empurrando a onda para Wagner com olhares de deboche.

Wagner decidiu voltar à caça ao nada dentro da mochila.

— Teu pai nunca te levou num puteiro? — perguntou Fabinho.

— Tá maluco — respondeu Wagner sem coragem para levantar a cabeça.

Mas então, como pouquíssimos teriam autonomia para fazer, Fabinho deslizou até Wagner e passou um braço por cima de seus ombros. Os corpos de ambos estavam cobertos apenas por toalhas e, por isso, somente um cara como o Terror da mulherada poderia usar de gestos como aquele sem atrair a onda de zoações.

— Cara, tu sabia que se esfregar muito sai leite? — perguntou Fabinho.

Tudo acabado. Os caras voltaram a explodir em risadas como se nunca tivessem ouvido algo tão engraçado. Wagner observou o modo como, naquela praia, Fabinho era medalhista de ouro no surf.

— Coé, me deixa em paz — pediu Wagner. Fabinho apertou o braço em torno dele. Os meninos fizeram silêncio à espera de uma nova zoação.

— Não, não, tu tá pensando que vai aonde, cara? — disse Fabinho. — Esse aqui é o lugar. Aqui é tua oportunidade, meu mano.

— Cara, desiste. Esse moleque aí nunca nem deve ter beijado na boca — disse Cabeludo.

135

— Calma aí, isso não é verdade — disse Fabinho em tom de defesa.

Por um segundo, Wagner encolheu os ombros no ápice do seu desconforto. Mas ali, tão colado a Fabinho, não teve como escapar de seu olhar avaliador. Ameaçou sair, mas o cara o apertou mais ainda.

— Mano, relaxa — disse Fabinho, de repente, em um tom muito sério —, se tu é BV, agora tá andando com as pessoas certas, tá ligado? Você está no lugar certo, com as pessoas certas.

Imediatamente, a atmosfera mudou. Wagner teve a impressão de que todos os colegas da turma não passavam de marionetes de Fabinho.

Os olhares que o atingiam com escárnio há um segundo, agora, transmitiam um tipo de coragem por conta da forma como o líder manipulava a cena.

— Quer perder esse BV? — perguntou Fabinho. Wagner pensou em Rebeca. E se a influência de Fabinho lhe entregasse seu maior desejo?

— Quer ou não quer, porra? — engrossou o líder.

Wagner confirmou com a cabeça.

— Então fala alto.

— Quero, pô — disse Wagner, ainda desconfortável.

— Tu já tem treze anos, não tem?

— Catorze.

— Dá no mesmo — disse Fabinho. — Tá na hora de mostrar que tu é macho. Que é tu que manda nessa porra, sacou? Então fala alto.

— Saquei — Wagner falou obedientemente. Fabinho finalmente abriu um sorriso.

— Você vai perder esse BV neste acampamento, nem que seja à força.

Wagner confirmou com a cabeça, mas, no fundo, por mais que quisesse beijar a boca de Rebeca e que a influência de Fabinho fosse o bem mais precioso para um aluno apagado como ele, naquele momento, gostaria de não depender de alguém para ser.

O ônibus de viagem tinha estacionado no portão do sítio na noite anterior, uma sexta-feira com o céu estrelado e barulhinhos de grilo por toda parte. Todos os anos, a escola Carlota Aquino promovia o mesmo passeio para os alunos do último ano do Fundamental. Não era um passeio como as chatas visitas aos museus do centro do Rio e à Assembleia Legislativa do Estado. O acampamento de despedida para o desejado Ensino Médio era a saída mais aguardada de todos os tempos. Os alunos ouviam falar sobre aquilo desde o primeiro ano no colégio e sonhavam com o fim de semana em que aproveitariam, como bons veteranos do Fundamental, os privilégios de viajar para um sítio desconhecido, fazer fogueira à noite, se jogar na piscina, jogar futebol e se pegar às escondidas.

Wagner ainda guardava dentro de si a explosão de excitação por estar ali, como todos os alunos. Os repetentes passaram o ano fazendo a maior propaganda do acampamento. Diziam que rolava o melhor tipo de comida, karaokê, festas surpresas e correio do amor. Isso sem contar a oportunidade de avaliar o corpo das meninas da 901, 902 e, principalmente, da 903, as mais velhas, de biquíni. Rolavam boatos de que alguns alunos repetiam de propósito só para reviver a experiência única do acampamento. Diziam também que os monitores nunca conseguiram conter as escapadas à noite e que uma das meninas mais bonitas da 903, a Sabonete, avisou que daria para um rapaz de cada turma.

Em um espaço aberto e repleto de mesas e cadeiras, Wagner aguardava a fila do lanche se mover. O sol ainda não tinha ido embora e, além do ar puro da vegetação, o ambiente estava tomado pelo cheiro de misto-quente. Uma dezena de cozinheiras trabalhava numa cozinha improvisada para preparar o lanche dos alunos. Após pegar uma bandeja com o sanduíche e uma bebida, se encaminhavam para seus grupos de amigos, como na escola.

De longe, mas estranhamente de perto, em seu passatempo favorito, Wagner observou o sorriso de Rebeca. Desejou ser o fio de queijo derretido, esticando-se entre o sanduíche e os lábios da garota. Achava linda a espontaneidade com que ela se expressava para as amigas e não precisava ansiar pelo momento da piscina no dia seguinte para admirar aquele corpo. Se pudesse...

— Então é ela, né? — sussurrou Fabinho no pé do seu ouvido.

Wagner endireitou o corpo e vagou com o olhar para qualquer lado. Fabinho, furador de fila, espetou a costela de Wagner com uma leve cotovelada.

— Tá caidinho, hein.

— É tão nítido assim?

— A Rebequinha ali, não é?

Wagner não gostou de ouvir "Rebequinha". Até onde ele sabia, Fabinho não tinha intimidade alguma com Rebeca. Aliás, era uma das poucas garotas que não parecia nem aí para o garanhão do nono ano.

— Fala baixo, cara — reclamou Wagner.

— E aí? Quer que seja com ela? — sussurrou Fabinho no ouvido de Wagner.

— Como assim, cara? — perguntou Wagner sem conseguir evitar a direção da garota. De repente, os olhares se cruzaram. Rebeca tinha olhado para ele poucas vezes naquele ano e ele tinha certeza do motivo: ela devia ter descoberto o quanto ele era a fim dela e, como ela não queria nada com ele, foi simpática o suficiente para evitar suas investidas em fazer trabalho junto ou algo do tipo.

— Ela nunca vai querer.

— Próximo — disse uma das senhoras do outro lado do balcão.

— E como tu sabe disso? — perguntou Fabinho em um tom de divertimento. — Já tentou?

— Você já tentou? — alfinetou Wagner.

— Queijo com presunto, querido? — perguntou a senhora.

— Por favor, tia — respondeu Wagner, contente com o silêncio de Fabinho.

A mulher apresentou um copo de mate gelado e outro de guaraná natural. Ele escolheu o mate e ela começou a separar seu sanduíche.

De costas para Rebeca, pensou em seu olhar. Ter Fabinho em sua cola poderia, de fato, ser um chamariz, e qualquer virgem de boca, tímido como Wagner, daria a vida por isso.

— Você sabe do que elas me chamam, não é? E, cara, não é por causa da moto nem nada. É papo de atitude, tá ligado? Vai lá, pô — disse Fabinho ao seu lado.

— Depois eu vou.

— Vai agora, moleque — disse Fabinho, de repente, em tom de ameaça. — Eu tô na tua cobertura aqui, pô. Já viu alguma mina intimidar algum amigo meu? Hã?

Wagner respirou fundo. Do lado direito da cabeça, um diabinho dizia que nunca teria uma chance melhor de se aproximar da garota. Do lado esquerdo, outro diabinho mandava-o socar a cara de Fabinho.

Uma nova atendente chegou até Fabinho com um sorriso atrevido.

— Lembro de você aqui no ano passado e no retrasado — disse a senhora do balcão.

— É que é muito gostoso, tia. Todo ano eu venho aqui só pra comer esse sanduíche — disse ele, elevando o tom da voz para ser ouvido.

Alguns funcionários e alunos acharam graça. Várias cabeças se voltaram para o Terror da mulherada, incluindo a de Rebeca.

— Ela tá olhando pra mim. Vai lá agora.

Wagner recebeu seu misto-quente, apoiou-o junto ao mate na bandeja, prendeu a respiração e caminhou até a garota. Para si, o caminho transformou-se em uma milha. Teve a impressão de que todas as pessoas do acampamento observavam cada passo seu.

— Oi. E aí? — disse ele, sem graça.

Diferentemente das duas amigas sentadas, uma em cada ponta, Rebeca se esforçou para não sorrir. Ficaram sem ter o que dizer um pro outro. Ainda sentindo o calor dos olhares do mundo, Wagner obrigou-se a dizer qualquer coisa para escapar daquele papel ridículo, porque era nítido o que Rebeca sentia por ele: pena.

— Tá bom o misto-quente? — perguntou ele, odiando-se ainda mais.

— Quer sentar com a gente? — ela disse como se por pura obrigação. No entanto, antes de Wagner se manifestar, as amigas não disfarçaram o incômodo.

— Ah, bom, tá ocupado. Uma amiga nossa...

— Ah não, tranquilo — interrompeu ele.

Pigarreou e tentou adicionar um pouco mais de grave à voz.

— Eu vim te falar que, se vocês quiserem colar com a gente mais tarde... tamo aí.

— Colar com vocês? — falou Rebeca.

As amigas dela abafaram risinhos, mas não de euforia. Por fim, Rebeca olhou para Fabinho que, à distância, movimentava-se para a mesa dos garotos do futebol.

— Não sabia que você andava com ele.

— É.

— Pode mandar um recado pra mim?

Mesmo cansado de parecer um idiota, Wagner tentou sorrir.

— Tranquilo.

— Fala pra ele que a Marina tem amigas e que se ele mexer com ela outra vez, ele vai finalmente me conhecer. E não vai gostar.

Nos olhos de Rebeca, Wagner encontrou um desgosto amargo. Marina era a garota com óculos de fundo de garrafa sentada ao lado dela. Tinha ficado em primeiro lugar na lista das garotas mais feias da 901, e Wagner não podia sequer imaginar o que Fabinho tinha aprontado com a menina.

Escaneou o ambiente à procura de um lugar escondido para sentar-se, mas Fabinho o chamou com um gesto animado e, como os olhares curiosos espiavam, Wagner decidiu obedecê-lo outra vez. Sentou-se de frente para o repetente popular e empurrou goela abaixo a vergonha misturada com o orgulho ferido.

— É assim que se faz, mano — disse Fabinho, dando um tapinha nas costas de Wagner. — Negócio de pescar com vara não dá certo, não. O papo é jogar a rede na cara dura, tá ligado?

Mastigando seus mistos lotados de queijo quente, os caras da mesa concordaram como se Fabinho tivesse dito a filosofia de um grande pensador. Wagner também mordeu seu sanduíche, mas com o olhar baixo. Avaliou se valeria a pena passar o recado de Rebeca, se valeria a pena sentir-se tão triste, porque, agora, mais do que nunca, as chances com ela haviam se esgotado. Retirando Wagner de seus devaneios, Fabinho inclinou o corpo para perto dele e falou como se tivesse notado seus pensamentos.

— Wallace, tu gosta só de pretinha ou gosta de mulher?

— Quê?

— Quero dizer... curte qualquer tipo de mina?

O filho da mãe nem fazia questão de saber seu nome, notou Wagner.

— Ah, depende. As bonitas, de preferência. — Fabinho abriu um sorriso, embora seu olhar estivesse preso em alguém adiante.

— Boa, padrinho. Vou te colocar na fita de uma mina que fácil, fácil, se bobear, tira tuas duas virgindades. Tá a fim?

Wagner engoliu a respiração cansada e não precisou acompanhar o olhar do novo amigo para saber de quem se tratava. Yara tinha nome de sereia, mas, entre os meninos, seu apelido era Sabonete.

Wagner deu duas baforadas na mão em formato de concha à frente da boca. Aprovou o hálito, nervoso. Não poderia demorar muito por conta da ronda dos monitores, mas valeria a pena, porque... Nossa! Nunca poderia imaginar que seu primeiro beijo seria em uma garota como a Sabonete. Isso fazia suas pernas bambearem. Por ser bem mais velha e experiente, ela saberia como colocar a língua, isso se chegassem nesse estágio. Sem olhar para trás uma última vez, Wagner dobrou a esquina cheia de mato e girou para os fundos do dormitório dos rapazes.

Iluminada pela luz da lua, a garota conhecida entre os meninos como Sabonete fumava um cigarro com as costas na parede de blocos de concreto. O cabelo loiro, descolorido, caía como uma cascata meio seca e meio lisa. O short jeans deixava as pernas à mostra, mas um largo blusão xadrez abotoado cobria os braços por inteiro.

Wagner coçou os dedos da mão, perdido. Não queria demonstrar inexperiência ou timidez. Precisava se mostrar bom naquilo, afinal, a propaganda da garota poderia mudar seu futuro no colégio. Quem sabe não chamasse a atenção de Rebeca.

Ainda com as costas na parede, a garota liberou pela boca a fumaça do cigarro e Wagner já chegou fechando as duas mãos apressadas na cintura dela.

— Pera, pera. Tá maluco? Tá fazendo o quê? — disse ela, afastando-o com uma das mãos.

Wagner congelou.

— Eu achei que... — a voz dele foi morrendo. Ela observou-o com um leve desprezo, mas, enfim, sorriu.

— Vai devagar, ok?

Wagner procurou um lugar para colocar as mãos, mas, desta vez, em seu corpo. Por fim, enfiou-as no bolso.

— Foi mal.

— Não, tudo bem.

A garota tragou o cigarro olhando para a lua. Saboreou o silêncio enquanto Wagner, desajeitado, resolveu encostar-se na parede como ela, perto o suficiente para sentir seu irônico cheiro de sabonete, ainda que ela estivesse fumando.

— O Fabinho fez uma propaganda de você. Eu não sabia que vocês eram amigos — começou ela.

— Ele é um idiota — disse Wagner, balançando a cabeça de leve e rindo pelo nariz.

A fala arrancou um sorriso da garota. Pela primeira vez, ela contemplou-o com algum interesse.

— Gostei de você.

Ele riu e, de repente, também quis saborear o silêncio. A luz estava linda e transformava os cabelos da garota em fios de prata.

— Você é meio sozinho, né? — perguntou ela.

— Não tanto. Eu... sou normal, sei lá. Andava muito com o Pedro antes de ele ir pra 902 — respondeu ele.

— Por que os homens amam tanto os homens? — perguntou ela, encarando-o com um olhar de mistério, pendurando o cigarro entre o dedo médio e o indicador.

— Quê? Tá dizendo que a gente se ama porque anda junto?

— Aparentemente, sim.

— Mas vocês só vivem penduradas umas nas outras — disse Wagner com um sorriso.

— Mas também amamos homens.

Ela voltou a colocar o cigarro gentilmente entre os lábios, tragou, afastou a mão e assoprou fumaça.

— Olha, eu não sou gay, se é o que você tá pensando — disse ele.

— Puta merda, não é nada disso — disse ela, revirando os olhos. Um sorriso sacana escondido na boca —, só tô querendo dizer que vocês não amam a gente do jeito que vocês se amam. Vocês se admiram, enaltecem um ao outro, essa energia toda é tão... Você não entende isso, entende?

Wagner ponderou por um momento silencioso. Grilos estridulavam entre as árvores do lado de fora, embalando os pensamentos do rapaz. Wagner pensou em como Fabinho atraía os garotos e em como era tratado por eles. Chegou até a refletir sobre o quanto sempre teve dificuldade para fazer amizade com meninas, mas não sabia se compreendia a fala da Sabonete.

— Não sou tão feminista.

— Não precisa ser pra entender. A questão é que vocês nos tratam como se fôssemos inferiores — disse ela, antes de apontar o cigarro para ele.

— Eu não.

— Você quer fumar?

— Fumar causa impotência sexual.

Ela revirou os olhos e deu mais um trago, voltando-se para a lua.

— Consegue ver razão em alguma coisa além de sexo? Consegue entender o que eu digo? — insistiu ela.

— Não.

— Então me fala como é que eles me chamam por aí. Vai, fala. Tá com medo de mim?

Wagner observou-a de canto de olho.

— Sabonete — confessou baixinho, envergonhado.

— Sabonete, piranha, vagabunda — disse ela com normalidade —, só porque eu gosto de beijar garotos diferentes. Enquanto isso, quanto mais mulheres vocês pegam, mais pontos vocês ganham. Consegue ver sentido no que eu digo?

Wagner se encolheu por dentro. Não fazia ideia de como contestar.

— Qual é o seu nome mesmo? — perguntou ele, ainda com a voz baixa — Desculpa.

— Yara.

— Você não vai me beijar, né?

— Depende. Gosta de beijo com gosto de cigarro?

— Já que você diz que eu me acho superior, vou me humilhar um pouquinho.

— Tá falando do quê?

Wagner afundou as mãos nos bolsos da bermuda. O date já estava uma merda mesmo. Estava na cara que nada rolaria e ele também se sentiu cansado de alguma coisa que não conseguia nomear.

— É o meu primeiro beijo — confessou ele —, com ou sem cigarro, eu vou gostar, porque você é a maior gata.

Yara começou a rir de chegar a tapar a boca com a mão. Wagner sentiu as bochechas esquentarem, encontrando o limite da humilhação.

— Aquele filho da puta tava falando sério — disse ela, ainda entre risos.

— Você tá aqui pra rir de mim?

Yara riu mais um pouco até que a satisfação se esvaísse feito a fumaça de seu cigarro. Quando voltou a assumir o olhar misterioso e provocativo, ela falou.

— Eu tô aqui, porque já vi você jogando futebol algumas vezes e você tem uma bunda muito gostosa.

— Não fode.

— O quê? Acha que só vocês, filhos da puta desgraçados, podem gostar de bundas? — perguntou ela, apontando o cigarro para ele como se quisesse acusá-lo. — Será que você pode dar à gente o direito de gostar de ver uma bunda? E não só de ver, ok? Por favor, vai…

Wagner precisou do tom irônico de Yara para entender que ela não estava tirando sarro da cara dele. De uma forma esquisita, sentiu-se lisonjeado por ser admirado por ela, ainda que fosse só por conta da bunda. Pela primeira vez, ele observou a beleza no sorriso despretensioso à sua frente.

— Pega a minha, que eu pego a sua — tentou ele.

Ela deu-lhe um empurrão divertido com a mão direita e sorriu, voltando a encarar a lua.

— Gostei de você. Tem uma bunda bonita e é divertido — disse ela.

— Posso beijar você?

Ela não se deu o trabalho de olhá-lo.

— Seu nome é Wagner ou Wallace? Gosta de jogos? Quanto mais você demorar aqui, melhor vai ser pra sua reputação.

— Não tem graça em ficar aqui sem fazer nada.

— Mas — disse ela, encolhendo os ombros — estamos fazendo algo. Faz uma pergunta pra mim e eu te faço outra.

Ainda banhada pelo luar, Yara deu um sorriso de leve, mas Wagner não achou que ela estivesse a fim de sorrir. De repente, sentiu-se minúsculo por ter chegado ali conhecendo-a apenas como a Sabonete e não como uma garota legal.

Ela estava certa sobre como os homens tratavam as mulheres, e esse tratamento não se limitava apenas aos adultos. Os homens estavam presos em teias infinitas tecidas há muito tempo e, por mais que ele sentisse um incômodo no próprio comportamento, nunca soube como ser diferente.

— Você é feliz? — perguntou ele.

A pergunta atingiu Yara como nenhuma outra. Ela encarou-o com um olhar atento e, ao mesmo tempo, distante. Pareceu pensar em muitas respostas, mas no final das contas, apenas disse:

— Eu não sei. E você?

Wagner balançou os ombros.

— Às vezes, eu sou uma farsa — disse ele. Ambos se enxergaram um no outro.

— O que você esconde, que é virgem? — perguntou ela.

— Eu odeio ser virgem.

— Qual é o problema em ser um garoto virgem com 13 anos de idade?

— Vou fazer quinze.

— Tanto faz.

Ela tragou a bituca de cigarro uma última vez, esfregou a ponta na parede de concreto e arremessou os dois para longe: a ponta e a fumaça.

— Todo mundo sabe que um garoto só é um homem depois que fode pela primeira vez.

— Tomo mundo sabe… então você não é um homem?

— Sou.

— Então…?

Wagner balançou a cabeça e suspirou, cansado de si.

— Sabe de uma coisa? Eu sempre achei muito difícil ser mulher com todas as regras e TPM e tabus do caralho, mas quando eu olho pra você… putz. Deve ser horrível ser homem e achar que o seu posicionamento no mundo se baseia pelo que você tem aí debaixo da calça.

Wagner balançou os ombros sem saber o que dizer.

— Você tem razão. É uma farsa. Quer saber por quê? Porque você é um dos caras mais legais do colégio e é por isso que eu nunca te beijei.

— Quer me humilhar?

— Eu quero ser legal com você — respondeu ela, olho no olho —, mas se quiser sair por aí dizendo que me beijou ou que fizemos coisas a mais aqui, vai em frente. Só deixa eu te falar uma coisa: você tem cara de ter uma mãe incrível e ela ficaria muito feliz em saber que o filho dela, de catorze anos, não se define pela cabeça de baixo. Você não precisa ter transado pra ser um homem, precisa ter vivido. Vivido bem. Então pare de dar ouvido a caras babacas como o Fábio e fazer coisas estúpidas. Tá andando com um assediador e afastando garotas que realmente poderiam se interessar por sua bunda bonitinha e pelo seu coração. Tá me ouvindo? Porque essa porra desse discurso pode salvar seu futuro e fazer de você a porra de um homem legal. E quer saber? O mundo está cheio de caras ruins.

De repente, com um olhar lacrimejante, Yara quase colou o corpo no de Wagner, sua voz transformando-se em um sussurro firme.

— Eu quero que você seja homem, mas, principalmente, quero que você seja você.

Como em uma cena de filme, ela deu um leve beijo no rosto do garoto e desapareceu pelo caminho de volta.

Wagner ainda ficou ali por longos minutos, perguntando a si mesmo se tudo aquilo havia acontecido de verdade ou se não passava da própria imaginação, porque, por um instante, o peso da máscara que ele carregava no rosto diariamente não estava mais ali. E a sensação parecia boa demais para ser verdade.

seja

você

pio

Leo odiava a tal rotina administrativa, ainda que suas habilidades para lidar com a contabilidade fossem muito apreciadas. Os amigos diziam que ele não podia reclamar. Ganhava bem, salário todo mês, plano de saúde, vale-alimentação, seguro de vida e tudo.

Às vezes, era obrigado a ficar depois da hora para dar conta das tarefas que Katrina, a *chefa*, jogava em seu e-mail faltando quinze pras cinco. Tinha de sorrir e dizer que daria conta. Precisava ignorar a dor nas costas provocada, em parte, pela pior cadeira do setor. Precisava silenciar a reclamação dos dedos do pé esmagados na droga do sapato. Nada dizia ao observar os outros funcionários se despedirem no horário em ponto. Nenhum deles dependia de um ônibus que passava de meia em meia hora, abrindo as portas para o atocho de passageiros pós-labuta.

— Dona Quitita, me prenderam aqui por mais meia hora e eu só vou conseguir chegar por aí lá pras oito. Segura o menino pra mim? — pediu Leo ao telefone.

Dona Quitita disse que sim, claro. Não adorava tomar conta do garoto, mas Leo sempre fazia questão de pagar na data certa, direitinho, com acréscimo e tudo.

Naquela sexta-feira, Leo contemplou a planilha em sua tela e enrugou a cara em um protesto cansado e silencioso. Só queria relaxar o corpo e a mente, pedir uma comida pra ele e pro filho, conversar no WhatsApp jogado no sofá e beber cerveja com a quase solidão e, quem sabe, ligar para Lucilene. Aquela pele macia e deslizante... Mas não. Trabalho simbolizava a preciosa fonte. Obedeceu. Finalizou o serviço. Aguardou o busão no ponto lotado. Espremeu-se nas condições desumanas do transporte público: um sovaco azedo na lateral direita e, à esquerda, uma banha colada com a sua; a pélvis de alguém roçando por meia dúzia de passageiros até descer do veículo; o chiclete de desgosto mastigado entre os dentes de Leo; um batidão no ouvido, pra sextar nem que fosse apenas em sua imaginação.

Quando chegou à casa de Quitita, ele recebeu a paz costumeira que acontecia quando via o filho depois de um dia inteiro. Uma coisa breve no peito, que só pai e mãe saberiam explicar direito, uma dose diária de alegria e amor apenas por saber que seu filho existe e tem saúde, ninguém lhe fez mal nenhum, está alimentado, brincando sozinho, e está tudo bem.

Agradeceu à vizinha milhões de vezes pelo cuidado e partiu com Renatinho pra casa. Fez as perguntas de sempre. Tudo tão automático que enquanto perguntava, Leo pensava se as fórmulas nas planilhas estavam corretas, se havia cerveja na geladeira, em qual tipo de comida pediria e no futebol do dia seguinte.

A escola foi boa?

Tem exercício pro fim de semana? Se comportou direito? Ajudou a velha com a casa?

O filho respondeu como sempre. Pra tudo balançou a cabeça em sinal positivo.

Pelo menos alguma sorte eu dei na vida. Este menino não me dá trabalho algum, pensou ele.

Acendeu as luzes, escancarou as janelas para expulsar o bafo da casa e mandou o moleque ir pro banho logo. Deu um jeito rápido na cozinha cheia de louça acumulada, abriu um latão de Brahma e um aplicativo de pedir comida. Pensou na "Batata Frita da Carola", entupida de cheddar, maionese, ketchup e farelo de mortadela frita se fingindo de bacon. Para Renatinho...

— Ô Renatinho! — berrou da cozinha.

Detestava chamar o filho de Renato, porque isso lembrava a mãe do garoto. Renata tinha colado um par de chifres na testa de Leo e viajado com um gringo para o exterior.

— Bora, Renatinho! Vem cá.

O menino não demorou a aparecer na entrada da cozinha. Tinha a pele mais escura do que a dele, pretinha igual à da mãe. O sorriso branquinho, mesmo sem escovar os dentes direito. A pele era preta e o menino era de ouro.

— Filho, o que é que você vai querer lá da Carola? Hoje é sexta-feira, de jeito nenhum eu pilho nesse fogão pra fazer comida. Há? Fala.

Renatinho balançou os ombros com indiferença.

— Isso aí não tem, não. Fala o que você quer. — Renatinho nada disse.

— X-Tudo tem muita gordura pra você. Cachorro-quente? Batata? Não sei — sugeriu ele, já irritado. — Fala, filho. Anda.

O gesto do menino chamou sua atenção: o olhar doce foi ao chão e os ombros também estavam caídos. A tristeza do filho expressa em cada centímetro do corpo.

Leo largou o celular na bancada e colocou as mãos na cintura, alarmado.

— Aconteceu alguma coisa, filho? Fala, Renatinho! É o quê?

O menino fez um bico torto. Balançou os ombros outra vez. Leo se aproximou e ficou de cócoras, de frente para o filho.

— Tomou porrada na escola? Tu deixou fazerem alguma coisa contigo?

O filho fez que não.

— Então é o quê?

Impotência. A sensação de não saber como acessar o universo do filho o ameaçou, como fazia algumas vezes. Um estresse debaixo da pele que, no final das contas, transformava-se em ódio. Não pelo menino, mas por ele mesmo. Pelo passado, a história mal resolvida com Renata. Nunca imaginara seu futuro como um pai tão novo.

— Você não sabe mais falar? — perguntou ele, com a voz mais elevada. As mãos grudaram-se nos braços do menino feito garras. Olhos arregalados.

Renatinho fez que não.

— Ah, não sabe? O gato comeu sua língua?

De ombros encolhidos, Renatinho se esforçou para tirar o olhar do chão e levá-lo para o rosto do pai. Abriu a boca, mexeu os lábios, tentou gritar. Não saía sequer um resquício de voz.

Leo descolou suas mãos do menino como se estivesse segurando uma coisa errada. Recuou o corpo com a testa toda franzida.

— Para de caô, Renato. A essa hora da noite. Porra, eu tô cansado. Fala alguma coisa agora!

O menino se esforçou para gritar, falar. Parecia uma televisão no modo mudo.

— Tá me dizendo que perdeu a voz?

Renatinho fez que sim. Leo revirou os olhos.

— Puta merda. Era só o que faltava.

Passou a noite inteira pesquisando no Google. O desespero batendo. Na Internet, diziam que o moleque tinha passado por um trauma, mas que trauma o quê! Conhecia o filho! Renatinho nunca fora de briga, era um molenga. Trauma coisíssima nenhuma.

A avó do menino, mãe de Leo, conseguiu ser pior do que pai dos burros online. Diagnosticou tudo como nódulos nas pregas vocais e profetizou: "Se o moleque não for levado ao médico logo, o câncer vai se espalhar pelo corpo inteiro em dias".

Cruz credo. Ave Maria, cheia de graça... Rogai por nós, pecadores.

Leo apelou para a fé e quase rezou um Pai Nosso. Não tinha dinheiro pra lidar com uma coisa dessas. Câncer era coisa de gente rica e branca. Apesar da firmeza das opiniões, o medo de ver alguma coisa séria acontecer com o filho sequer o deixou dormir. Até esqueceu da cerveja e da Batata Frita da Carola e terminou a sexta fazendo um miojo de galinha caipira para os dois. Apagou na cama depois de refazer mil perguntas que o filho não sabia como responder. Tudo não passava de uma boca muda, um ombro balançando e uma cara de tacho.

No dia seguinte, Leo levou o menino em uma clínica médica 24 horas. Aguardaram por um tempo na recepção. Ele preferia nem olhar para a cara de Renatinho, pois, agora, o menino fazia com que ele se lembrasse de Renata, sempre gerando despesa e dor de cabeça. Mas que merda! Não podia ter paz nem para a pelada de sábado?

Vinte minutos após preencherem a ficha, um homem alto, parrudo e vestido com um jaleco alvo chamou-o com um sorriso falso. Algo em sua cara denotava uma possível ressaca. Em questão de segundos, Leo entrou no ringue mental de comparações com o outro homem: *grana não é sinal de felicidade. Porra, mas aí é fácil demais. Ó lá! Trabalha três vezes na semana, tem tempo pra malhar. Crossfit, rolezinho na praia... Deve estar achando que tá fazendo caridade. Pra que andar com um relógio desses?*

— Tudo bem, papai? — perguntou o doutor quando se acomodaram na saleta branca.

— Tudo ótimo. E você? — saudou Leo, descendo dois tons da voz.

— Ele é o Renato? E aí, cara, tudo certo?

Renatinho confirmou com a cabeça, intimidado.

— O que trouxe o senhor aqui? — o médico perguntou.

Leo não manteve o sorriso por muito tempo.

— Meu filho perdeu a fala — disse.

— Como assim?

— Eu perguntei umas coisas pra ele ontem e ele não respondia — disse Leo, sentindo-se um idiota. Não, um pai desnaturado. — Não se sabe como nem nada.

O doutor encarou o pai como se não acreditasse em porcaria alguma. Decidiu inclinar o rosto para o moleque e impostar uma voz ultra mega power simpática.

— Fala alguma coisa pro tio aqui.

Tudo de novo. Renatinho tentou, tentou, mas nada saiu. O doutor não parecia convencido.

— Pera aí — disse ele, correndo até um canto da pediatria e catando uma lousa mágica, daquelas que se escreve e se apaga num piscar de olhos.

— Ele sabe escrever, pai? — perguntou o doutor.

Pai o cacete.

— Claro. Ele tá no segundo ano — respondeu Leo.

— Tá. Então... Tá vendo isso aqui, meu chapa? — brincou o doutor, entregando a lousa para o menino.

— O que o tio perguntar, você vai escrever a resposta aqui, tá bom? Vamos lá?

O menino olhou para o pai em busca de confirmação.

Leo fez que sim, sentindo-se um otário por não ter tido a mesma ideia antes.

— Há quanto tempo você não consegue falar?

Leo sabia que o filho responderia balançando os ombros, mas Renatinho seguiu o propósito pelo qual todas as crianças nasceram: fazer os pais passarem vergonha. Ele simplesmente testou a caneta na lousa e escreveu:

"Eu não lembro".

Leo fuzilou-o com o olhar.

— É normal eles darem mais atenção ao médico, pai. Aqui... Aconteceu alguma coisa nova na escola? Fizeram alguma coisa com você, Renato?

"Tudo normal".

— O que é normal, não é mesmo? — Desta vez, a pergunta foi para o pai. — Alguma situação diferente na rotina dele? Algo que possa ter causado estresse ou nervosismo?

— Não. Que eu saiba, não — respondeu o pai, quase ofendido.

— Você tem medo de alguma coisa, Renato?

"Caranguejo", ele escreveu.

— Ele foi exposto a algum *caranguejo* durante a semana?

Leo não gostou nem um pouco da entonação do doutor ao dizer "caranguejo". O que estava insinuando? Que ele não sabia cuidar do próprio filho?

O pai negou e a sessão durou mais cinco minutos, com todos os tipos de perguntas. No final, o doutor tomou a lousa de volta, fez uma careta para Leo e disse:

— O nome disso é afasia. A vivência no colégio público, às vezes, é muito complicada. O ambiente da periferia pode trazer diversas mazelas e estresse social, até mesmo transtornos mentais.

Leo riu pelo nariz, descolou o traseiro da cadeira e puxou o filho pelo pulso.

— Olha só! Meu filho não tem problema mental, não, seu animal. Pra sua informação, a gente não mora na comunidade.

Leo encheu a boca e soltou:

— Racista de merda!

Até questão de pagar um Uber na volta pra casa, Leo fez. Provavelmente, para se livrar do preconceito no olhar do doutor branco. Acompanhava uns influenciadores digitais e muitos deles falavam sobre *coisas de preto*. Agora, andava muito bem informado e até sabia da possibilidade de o doutor jamais entender o quão preconceituoso estava sendo. Contudo, não toleraria abusos.

Renatinho permaneceu quieto durante toda a viagem e, pela primeira vez em um longo tempo, Leo percebeu o enorme abismo entre ele e o moleque.

O lado dele cheio de cálculos, memórias perdidas, os beijos de Lucilene, preocupações com o trabalho, a rotina da vida, arrependimentos, a cerveja, a pelada e a agenda do filho. Trabalhar para sobreviver e não para viver. O lado do garoto estava mais para um matagal desconhecido.

Leo cruzou os braços, indignado. Não sabia sequer como construir uma ponte que os interligasse. *Quando foi que nos tornamos tão distantes, mesmo tão perto?*

Cancelou a visita à casa da mãe e focou na ponte! Leo estava tomado da certeza de que, a qualquer momento, o menino voltaria a falar. Ele só precisava sentir-se livre. Coisa de criança. Era isso e ponto final.

Cercou Renatinho de liberdade: videogame à vontade; suco de caju a rodo; preparou uma lasanha, intercalando camadas de sabor e perfeição; levou-o ao shopping no domingo, enfiou-lhe uma casquinha mista pela goela, parcelou camiseta, bermuda e tênis — tudo em 10x — e voltou de Uber Comfort pra agradar. Tentou dar ao menino o espaço necessário para que a língua soltasse, ainda que checasse de uma em uma hora. O esforço foi em vão, mas, durante a noite, em vez de simplesmente ver o menino passar pro quarto e dizer boa noite, chamou-o, beijou-o na testa e disse:

— Boa noite, cara.

O gesto pareceu-lhe estranho. Um antídoto para uma ferida naturalizada.

No primeiro dia da semana, fez questão de levá-lo à escola. Chegaram atrasados. Leo deu três soquinhos na porta da sala e chamou a professora com um gesto. Assustada, ela veio em sua direção e saudou Renatinho com um afago na cabeça. O menino escorregou para dentro da sala e a professora forçou um sorriso para Leo.

— Bom dia, professora.

— Bom dia — saudou ela, desconfiada. Era uma mulher amarelada, de meia idade, cabelos curtos e um vestido florido cafona. — O senhor é o pai do Renato?

— Isso. Professora, a senhora notou alguma coisa diferente no meu filho nos últimos dias?

A testa da professora assumiu alguns vincos.

— Como o quê, por exemplo?

— Bom… Ele perdeu a fala. É uma doença aí, vinda do estresse. Não sei se a senhora percebeu algo de novo nele…

— Sabemos disso — disse a professora com um olhar estranho. — Achávamos que o senhor não gostaria de falar sobre o assunto. Nunca compareceu às reuniões, não atende aos telefonemas, não responde as mensagens do caderno. Nada.

— É que eu trabalho muito.

— Eu também — disse a professora, desgostosa.

Ambos se encararam sem saber o que falar, mas a professora decidiu continuar.

— O senhor nunca considerou a ideia de levá-lo para um colégio com crianças especiais ou algo assim?

— Quê? Não, meu filho não é nada disso. É só uma coisa de estresse. Levei ele ao médico no fim de semana.

— Ah, só agora levou ele ao médico?

— Por quê? Há quanto tempo ele está assim? — O coração de Leo batia com um leve descompasso. A paciência em despedida.

A professora riu sem querer acreditar.

— O Renato nunca falou. Ninguém aqui jamais ouviu a voz dele. Você quer dizer que ele não é mudo?

O chão de ardósia pareceu se abrir sob os pés de Leo. O coração acelerado. *Puta merda*. Autoritário, o pai empurrou a porta e andou até o filho, ignorando seu olhar de protesto. Colocou de volta na mochila o material já organizado sobre a carteira e puxou-a para si.

Ignorando os olhares, arrastou Renatinho para fora da escola. Longe o suficiente do julgamento estudantil, Leo flexionou os joelhos para ficar na altura do menino. Sacudiu-o com força.

— Bora! Você tem que falar comigo — exigiu.

Os olhos do menino se encheram de água. O bracinho tão fino que os dedos do pai completavam a volta ao agarrá-lo.

— Anda, Renato! Que história é essa de ser mudo? Você sabe falar. Por que tá me fazendo passar tanta vergonha?

As lágrimas escaparam pelos olhos do menino.

— Engole esse choro agora — ameaçou, falando entre os dentes.

Leo espiou ao redor, desconfortável com a cena.

— Tu é um homem, já! Chorando à toa. Engole isso. Você é o segundo homem da casa, cara.

Renatinho fungou e apertou a barriga por dentro, numa tentativa de impedir o choro.

— Você engoliu alguma coisa? — O filho assentiu.

— Tá na sua garganta agora?

Leo xingou. Se viu obrigado a discar para o trabalho e comunicar sua ausência. Duas horas depois, conseguiu atendimento em um ambulatório. Todos olhavam-no como se estivesse louco.

— Tem alguma coisa na goela do meu filho. Verifiquem a goela do meu filho! — dizia de dois em dois minutos.

E verificaram. Leo respondeu a todas as perguntas da médica. Viu seu filho passar por, pelo menos, quatro exames. Foi somente depois da ressonância magnética que a doutora o chamou novamente. Sentaram-se. Renatinho e Leo encaravam a médica, uma mulher negra de cabelos presos e batom cor de rosa.

— Não gosto muito de dizer isso, mas, pai, o senhor tinha razão. O Renato engoliu algo, sim — disse ela, com a voz grossa e rouca.

Eu sabia! Eu sou pai, pô.

— É o quê, doutora? Como é que vão tirar isso dele? A mulher sorriu.

— É um pouco mais complicado, pai — contrapôs a doutora. — O que ele engoliu quebrou lá dentro.

Leo arregalou os olhos. Alarmado, olhou para o filho. O menino desviou o olhar carregado de culpa.

— A boa notícia é que vocês vão poder resolver isso em casa — avisou ela com um sorriso.

Os dedos fizeram uma receita médica deslizar pela mesa em direção aos pacientes.

— Esse tipo de coisa é muito comum em diversas configurações familiares. Isso aqui é um chá-de-solta-a--língua. É um chá caseiro e supimpa! Faz tudo o que está na receita, segue tudo certinho, que ele vai ficar bom, ó, num estalar de dedos!

O olhar de Leo correu desesperadamente pelo papel. Anotou tudo em mente. Cada letra esquisita reluzia como um sol a queimar a opressão dos últimos dias.

Era a receita mais esquisita que ele já vira em toda a sua vida. Até duvidou, mas se uma médica daquele porte estava dizendo, preferia obedecer. Uma doutora negra merecia todo o respeito.

Passou no hortifrúti e comprou todos os ingredientes: amora madura; arroz negro; chocolate em pó; repolho roxo; jabuticaba. Tudo coisa fina. Quando chegou em casa, mandou Renatinho ir para o banho. Preparou o chá, fazendo cara de vômito.

Cruzou os braços na cozinha, recostou-se sobre a pia e aguardou. O medo e a excitação assaltando-o a todo momento.

Era um péssimo pai? Quase tudo o que fazia na vida era para o filho. O trabalho incessante para pagar escola, comida, roupa, passeio, tudo o que não teve quando pequeno. Poucas pessoas no mundo conheciam de verdade as dificuldades de se criar um filho sozinho, sem a presença da mãe.

Tinha falhado em sua missão? Em que momento as coisas tinham começado a desandar?

O peso sobre suas costas prolongava-se por muito tempo. As feridas escondidas embaixo do tapete. A solidão alastrada no peito e disfarçada com papos rasos, trabalho e filme de ação de vez em quando.

De repente, Leo permitiu a si o que não permitia ao filho. Uma rara gota escapou de seu olho, salgada como o mar. Ele levou o ombro até o rosto para secá-la. Inalou o cheiro exótico do chá.

Renatinho apareceu na entrada da cozinha e o pai conduziu-o até o sofá da sala apertada.

— Não tá tão quente. Pode beber tudo.

O menino anuiu com cara de nojo.

Leo travou a mandíbula por alguns segundos, prendendo o choro que queria retornar. Renatinho, seu filho, era tão bonito! Pretinho como a noite mais escura. Os olhos redondos e alarmados. O nariz pontudo. A pele de bebê.

Ele nem percebeu quando sua mão direita escapou para o rosto do filho, alisando-o de leve, desenhando os formatos do rosto com os dedos, aguardando até que ele sorrisse de leve e balançasse a cabeça, desviando-se do toque do pai.

O sorriso derreteu-o por dentro. Seu filho não era mudo, algo o tinha silenciado. Faria de tudo para recuperar o tempo perdido.

— Beba.

O menino segurou a caneca com as duas mãos e ingeriu o líquido preto. Uma bebericada transformou-se em um gole. E outro. Mais outro. Bebeu até esvaziar a caneca. Então veio a ânsia de vômito, tão forte e rápida que Renatinho não conseguiu se levantar. Despejou o vômito no chão da sala,

169

de um modo que Leo nunca havia visto antes. Um líquido branco e espumante espalhando-se pelo taco com cheiro de azedume.

O pai assistiu à cena com certa aflição. Chegou a investigar o vômito com os olhos à procura do objeto quebrado, mas nada encontrou. Renatinho apenas secou o queixo empapado de espuma.

— Me sinto feliz — disse ele.

Leo escondeu o sorriso. A voz infantil do filho revigorando todo seu interior. Naquele momento, Leo teve a certeza de que não ouvia o menino de verdade há incontáveis meses.

— Filhão — disse Leo enquanto os dois se olhavam em uma felicidade estranha. — Ainda tem alguma coisa presa na garganta? O que é?

— Os nomes que eles me chamavam.

— Nomes? Aonde? Na escola?

— Sim — Renatinho deixou um sorriso tímido escapar. Parecia gostar de ouvir a própria voz, em vez de confirmar tudo com movimentos de cabeça.

— Que nomes?

De repente, a expressão de Renatinho anuviou-se. Ele fugiu com o olhar por um tempo e precisou tomar coragem para continuar:

— Eles me chamavam de "cocozinho" ano passado. Depois, meu apelido virou "valão", "boca de valão".

O pai sentiu o coração trincar de ódio.

— Eles quem, meu filho?

— Todos eles.

— E por que você nunca me contou nada?

— Eu tentei, mas eu sentia vontade de chorar e o senhor me mandava engolir o choro e não dar nem um pio.

170

Leo engoliu em seco. Desviou o olhar para o chão, envergonhado. Quando falou, nem tinha mais o tom mandão, como se o filho tivesse subido para um degrau superior ao seu.

— E o que é isso no chão?

— Eu engoli sabão de coco.

— O quê? Por quê?

— Pra ficar mais branco.

Leo encarou o filho com um vazio no olhar. Abraçou-o como não fazia há muito tempo. Ficaram os dois colados, em silêncio, transferindo uma energia inexplicável um para o outro. Coisa paterna. Coisa divina.

Quando deixaram de se abraçar, Leo segurou o rosto do filho e olhou-o profundamente. Viu a luz da lua no olhar de Renatinho. Um mundo incrível a se desbravar.

— Você é tão lindo, meu filho. Não deixe que ninguém coloque o contrário na sua cabeça. Preto é lindo. É isso o que nós somos. O pai ama você.

O abismo entre os dois se encurtou bastante. Dali pra frente, pai e filho seriam bons amigos.

Leo nunca mais encontrou a receita. Durante longos meses o pai, toda noite após colocar o filho para dormir, se deitava na cama de casal com o estranho pressentimento de ter lido tudo errado.

É que as palavras da receita eram mágicas. E, no fundo, ele não poderia imaginar o que estava escrito:

CHÁ DE AFETO PRETO PARA MENINOS PRETOS

INGREDIENTES:

500g DE AFETO
1 XÍCARA DE OLHO NO OLHO
1 VISITA PARA RECONHECIMENTO DE AMBIENTE
1 DOSE DE AUTOANÁLISE
1 GOTA DE LÁGRIMA
CALOR HUMANO A GOSTO

MODO DE PREPARO:

JUNTE TUDO E ENTREGUE AO SEU FILHO POR CINCO MINUTOS. CONVERSEM. FINALIZE COM UM ABRAÇO E DEIXE QUE O MENINO VEJA O QUANTO VOCÊ ESTÁ DISPONÍVEL PARA O QUE DER E VIER. PALAVRAS SÃO NECESSÁRIAS PARA CURAR AS DORES DO CORAÇÃO.

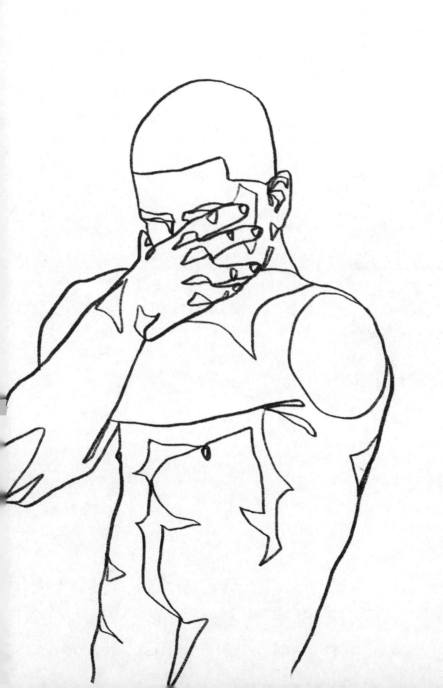

sem

Sentado sobre o gramado depois da partida de futebol, longe da algazarra dos moleques e antes das nuvens cinzas que tingiam o céu estourarem água sobre sua cabeça, Ramon tentava respirar fundo.

O ódio consumia o adolescente, transformava seus órgãos em brasas, inflamava seu peito, compelia-o a urrar. Ele poderia rasgar a nota ali mesmo, desfazê-la em cem mil pedaços, mas nada disso aplacaria sua angústia.

O que sua mãe teria dito no lugar do pai? O que seus amigos teriam falado? O que sua mina diria se soubesse o que acontecera naquela tarde? Ele tinha muitas opções, mas por algum motivo que ele não podia traduzir, escolheu Sandro, o pai. Por conta disso, as palavras do velho retumbavam dentro de si, ridicularizando-o.

O céu ainda estava claro quando o velho se sentava na cadeira sagrada, diante da mesa do escritório, trabalhando em um programa 3D. Ramon tinha batido na porta e entrado sem dizer nada além de:

— Pai, preciso falar com o senhor.

— Isso é hora, Ramon? Não tá vendo que eu tô trabalhando?

— É importante.

O tom de voz de Ramon fizera o pai parar de digitar e espiá-lo por cima dos óculos de grau avançado. Ambos eram bem parecidos, todos os traços de homem preto, apesar da pele bem clara.

— Certo — disse o pai, atento. Indicou a cadeira ao seu lado e desde então não desgrudou os olhos de cada movimento do filho. — Senta aí.

Ramon obedeceu. Já tinha calçado as chuteiras e estava pronto para o futebol, mas não conseguiria sair de casa sem dissolver o incômodo na garganta. Procurou palavras em busca da melhor maneira de começar, mas não achou outro caminho além de ir direto ao ponto.

— Qual é a diferença exata entre o estupro e o abuso sexual? — perguntou.

O pai manteve o silêncio, escrutinando o rapaz com o olhar. A pausa pareceu levar horas, mas Ramon sustentou os olhos do pai por cada segundo.

— Que merda você fez?

— Eu não fiz nada — defendeu-se o garoto com o máximo possível de tranquilidade. — Só quero saber qual é a diferença.

— O ato sexual. Essa é a diferença — respondeu o pai, sendo breve.

Ramon assentiu em silêncio. Desviou o olhar pela primeira vez. Refletiu por um tempo. Empurrava saliva para a garganta, mas nada desfazia o bolo formado ali dentro.

— Então. Um amigo meu do futebol me contou uma coisa — continuou. — Ele disse que sofreu algo... abuso sexual.

O pai apertou os olhos e fez uma cara de descrença.

— Abuso sexual?

— É.

— Lorota. Homem não tem esse tipo de coisa.

— E por que ele inventaria algo assim?

— E você quer que eu descubra? O amigo é seu — disse o pai com simplicidade. Balançou os ombros, cruzou os braços, tentando entender seu garoto. — O homem é cientificamente mais forte do que a mulher, filho. Eu preciso te explicar isso?

— Quem disse que foi por uma mulher?

A voz de Ramon saiu fraca, falhando. Ele logo pigarreou, desviando os olhos para baixo. O pai fez silêncio, fitou o filho, desconcertado e ainda desacreditado.

— Fala aí o que mais que ele falou então — disse.

Ramon engoliu em seco outra vez.

— Bom, ele disse que estava no ônibus voltando pra casa e um cara se sentou do lado dele. — Ramon tossiu e encarou o pai. — Esse cara fingiu que conhecia meu amigo. Tipo: "E aí? Não tá lembrado de mim?". Mas meu parceiro nunca se lembrou desse cara. Ele ficou insistindo. Falando que eles tinham se conhecido na festa do fim de semana, mas ele tinha um jeito de falar muito malandro e foi convencendo o meu amigo a acreditar que eles se conh...

— Hã? E daí? — cortou o pai, impaciente.

Ramon esperou. Sem perceber, balançava a coxa da perna direita freneticamente.

— E daí que estava perto do meu amigo descer e ele deu o sinal. Então...

— Que amigo, Ramon? — o pai interrompeu outra vez.

— Eu não posso falar. Ele pediu segredo — explicou o garoto, esperando para ver se o pai insistiria naquilo. Percebendo que a resposta foi um longo silêncio, ele continuou: — Daí ele levantou pra descer do ônibus. E o cara disse: "Pô, que coincidência! Eu vou descer aqui também."

O pai apertou os braços cruzados e ergueu uma sobrancelha.

— Esse seu amigo aí é alto? — perguntou. — Quantos anos ele tem? É mais ou menos do seu corpo?

— Não, ele é bem mais baixo e mais magro do que eu — explicou o filho.

— E o cara lá era grandão? Velho?

— Eu não sei direito os detalhes. Mas era mais velho, sim.

— Há, e cadê o tal do estupro?

— Abuso sexual — pontuou Ramon. O pai confirmou com a cabeça no aguardo. Ramon sentiu o coração bater um pouco mais rápido, mas continuou com calma: — Tava deserto. O cara ficou andando do lado desse meu parceiro e pediu pra pegar no pau dele.

Houve uma pausa.

O pai encarou o filho por alguns segundos e então, começou a rir. O riso foi crescendo até tornar-se uma gostosa gargalhada. Ele riu de jogar o corpo pra trás e fazer a cadeira ranger com o peso. Riu de se sacudir todo, até as lágrimas brotarem no canto dos olhos.

Durante todo esse tempo, Ramon permaneceu quieto. Seu ser parecia diminuir até que ele ficasse do tamanho de uma mosca pronta para ser abanada por apenas um tapa do pai.

Quando o homem, observou o filho silencioso, soltou os últimos "ai, ai" e perguntou:

— E o que foi que o seu amigo fez, hã?

Mesmo se sentindo pequeno e ridículo demais, Ramon endureceu o rosto e o corpo.

— Ele insistiu que não queria aquela parada — respondeu ele. — Mas o cara pediu e muitas e muitas vezes, daí meu amigo acabou deixando. Fazer o que?

— Fazer o que? Ele deixou porque é um viadinho, Ramon. Eu sabia desde o início.

— Ele não é viado, pai!

— Claro que é, Ramon. Ele queria mostrar o pau desde o começo. Aposto que tava duro, hein?

O pai riu um pouco mais e girou a cadeira para frente do computador, sem perceber o quanto as linhas de rosto do filho revelavam um emaranhado de sentimentos duros. De repente, o homem se voltou para Ramon mais interessado do que antes.

— E teu amigo te contou isso?

— Contou, pai — respondeu o filho, desanimado.

— Hmm — rumorejou o pai. — Eu não sabia que você tinha amigo viado, ainda mais no futebol. Vai ver ele quer que você abuse dele também.

O pai desenhou várias aspas com os dedos ao dizer "abuse". Ramon sentiu o rosto esquentar e respirou fundo. Insistiu em continuar procurando palavras capazes de dissolver a culpa em seu interior.

— Não é nada disso, pai. Eu estava me perguntando... E se ele tivesse recebido grana pra isso?

O pai vincou as sobrancelhas.

— Grana? Pra que? Pra deixar o cara manjar o pau dele?

— É, sei lá.

— Ah, sim. Bom, aí vai depender do quanto — respondeu o pai com ainda mais divertimento.

— Cem reais.

— O que dá pra fazer com cem reais?

Contrito, Roman deu de ombros. A pergunta perfurou-o tão a fundo que ele estremeceu por dentro. O mais leve abraço poderia ajudá-lo a desaguar pelos olhos, mas diante do pai, só havia o vazio.

— Dá pra comprar um presente de aniversário pra minha mina — respondeu. — É sábado agora.

O pai riu pelo nariz.

— Eu aposto que esse cara nem gosta de mulher. Do contrário, ele nunca aceitaria algo assim.

— Mas ele estava quase chorando quando me contou — disse Ramon, com a voz enfraquecida e diminuta. Franziu as sobrancelhas igual ao pai, seu olhar implorando por algo que era incapaz de dizer. — O que eu falo pra ele? Você não tem nenhum conselho?

Ramon nunca poderia dizer o que o pai havia encontrado em seu rosto. Algo capaz de fazê-lo ficar muito sério e pronunciar as últimas palavras com calma, força e virilidade.

— Da próxima vez que isso acontecer, diga a ele que é bom que ele honre o que tem debaixo das pernas — disse o homem antes de se debruçar na cadeira e encher a boca para continuar. — Mande-o ser homem, Ramon. Igual o pai dele é.

Os dois se olharam por um longo momento.

No final, o pai se ajeitou na cadeira, aproximou os óculos dos olhos e voltou a mexer com o mouse.

Sentado sobre o gramado depois da partida de futebol, longe da algazarra dos moleques e antes das nuvens cinzas que tingiam o céu estourarem água sobre sua cabeça, Ramon encarou o verso da nota de cem reais, um peixe azulado vulnerável e em extinção chamado garoupa. Cem reais. Ele, Ramon, valia cem reais.

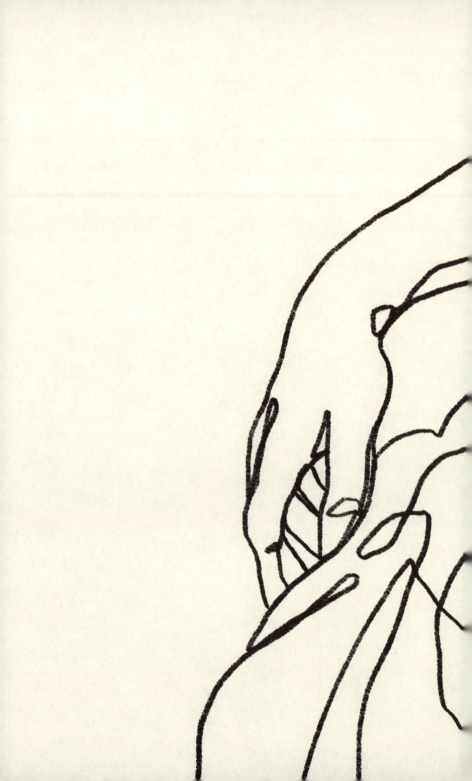

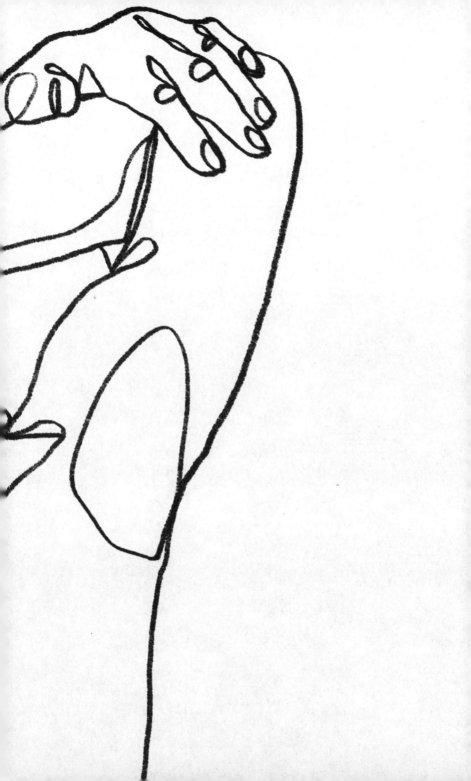

florescer

Luiza deslizava com suavidade pela estrada molhada. Ela conhecia Amildo como ninguém, suas mãos, seus pés, sua pélvis. Os ânimos de seu dono a empolgaram naquela manhã.

Era uma bicicleta amarelo fosco, fabricada para longas distâncias, com aro 700, câmbio com mais de dez velocidades e boa tecnologia de frenagem. Orgulhava-se das próprias características de pilotagem e da capacidade de promover silêncio enquanto deslizava pela pista diante das bicicletas alheias. A habilidade servia-lhe como um deboche classudo.

Seu Amildo pouco entendia sobre classe. Depois de adulto, tornou-se um homem de poucas palavras, cada vez mais bruto. Apesar dos erros e acertos na vida, sua paixão por Luiza sempre parecia o suficiente para ambos. Na lista de erros, Luiza colocava no topo a falta de ser questionada quanto ao seu nome, já que ele a batizara assim em virtude da primeira e única mulher que amou. Mesmo sem a conversa inicial que definiria quem Luiza seria para o resto de sua vida, ela praticamente funcionava como um membro, uma extensão do corpo de Amildo. Sabia bem dos sentimentos dilacerantes que ele experimentava quando pronunciava seu nome, e não conseguia entender por que os seres humanos se ferem tanto. O segundo erro se relacionava com a autoestima, pois como todas as outras de sua classe, a boa saúde de seus proprietários era não somente motivo de orgulho, mas também de alegria. Amildo, no entanto, não estava nem aí pra isso. Só fazia ganhar peso, fumar e beber café.

Apesar das falhas consideradas, Amildo era o melhor presente que Luiza podia ter recebido na vida. O carinho que ele mantinha por sua amada bicicleta não era igual o que ele tinha por si próprio: era maior. Nunca a emprestara para ninguém, mantinha-se atento a cada necessidade e caprichava na limpeza. Luiza mal podia curtir um mínimo respingado de lama ou se cobrir por algum tempo com o bom pó da estrada; nada disso passava impune aos olhos de Amildo. Fora as canções, em sua grande maioria sambas antigos assobiados em suaves melodias, que alegravam o dia de Luiza. Havia um espaço reservado só para ela, bem no meio da sala da casa de Amildo, como se fosse um piano de cauda no lugar de destaque da casa de um pianista famoso.

— Hoje, a gente vai a um lugar que eu nunca imaginei pisar, Luiza — afirmara Amildo antes de marcar mais um dia sagrado no calendário, passar a chave na porta e enfiá-la na pochete.

Tinha chovido na noite anterior e Luiza aproveitava os poucos respingados de lama enquanto Amildo pedalava devagar. As ruas do comércio logo os levaram até a estrada ladeada por terrenos cheios de capim, a maioria limitados por cercas de arame farpado. Amildo assobiava e empurrava com os pés. Assobiava para se acalmar, pois cada impulso com as pernas reverberava a ansiedade pela oportunidade piscando alerta a poucos quilômetros.

Na beira da estrada, uma boneca feita de cabo de vassoura, latas e pneus indicava um borracheiro logo à frente, depois um lava-jato, Assembleia de Deus da Brasa Viva no Altar, algumas casas de dois andares, Sacolé do Joanildo, um matagal, uma cerca, bifurcações sem asfalto introduzindo os caminhos para as cachoeiras, mato, mato, bananeiras, mais um monte de coisas de estrada até que, finalmente, Luiza sentiu o toque macio em seu freio e reduziu a velocidade. Amildo respirou fundo duas vezes, secou o suor com as costas das mãos e conduziu-a até uma velha cabana de madeira escura com uma placa acima dizendo Floricultura Alfazema.

Carregada até um canto em que seu dono pudesse prendê-la com um cadeado, Luiza percebeu o quanto Amildo não levava jeito para vestir camisa de botão. O vento na estrada até tinha ajudado a secar as manchas de suor, mas foi incapaz de resolver o amassado, a gola torta, o caimento da camisa mal escolhida e que em nada combinava com a calça jeans e o sapatênis usado com raridade.

Sem muita escolha, o homem estufou o peito e se distanciou com passos decididos, a consciência de Luiza acompanhando-o.

A cabana exalava um aroma quase mágico. Em cada canto, uma flor diferente, plantas variadas, algumas penduradas. Buquês ornamentais já preparados para a pessoa amada. Uma samambaia gigante e verdinha exibindo o bom cuidado. Proteção, sombra, água fresca. Talvez todas aquelas flores lutassem em silêncio para permanecer ali, em casa. Talvez nenhuma delas quisesse ser transportada. Debochavam da que partia ou jogavam saudosos beijos de néctar umas para as outras, torciam para que encontrassem boas mãos cuidadoras. Amildo gostava de imaginar a vida dos seres inanimados e Luiza sabia disso, porque também era um.

— É para o senhor mesmo?

Amildo se assustou de leve. A pergunta veio de uma moça em seus supostos vinte e oito anos, o leve bronzeado tentava dar outro tom à pele muito clara. Segurava entre os dedos um cotoco de giz branco utilizado para dar preço a um enorme vaso de espadas de São Jorge.

— Desculpe, não quis assustar — disse ela com um sorriso.

— Não tenho a quem presentear — disse Amildo, forçando um sorriso e secando o suor da testa.

— Pois presenteie a si mesmo, meu querido — disse ela. — Gosta de plantas?

— Eu? Ah... sim, claro. Sou o rei das plantas — mentiu ele. Plantas o faziam lembrar do seu falecido pai, de quem ele nunca conseguiu olhar nos olhos por mais de um minuto.

— Então o senhor sabe o que escolher. A maioria dos jovens vêm à procura de uma fórmula mágica: como manter uma planta viva e plena sem necessidade de cuidado? — Foi dizendo ela, rindo de si mesma, aproximando-se do homem. — As flores são o nosso ponto forte, é claro. Quem terá a honra de receber um presente do senhor?

Amildo balançou a cabeça, confuso. Sentiu um repentino calor e deu um passo para trás.

— Ah, já disse. Não vim comprar um presente.

— Dê uma olhada com calma e vai encontrar o que precisa — disse ela.

O homem passou os olhos mais uma vez pela agradável cabana. Provou o sabor da sombra e a vivacidade das plantas e flores, mas então lembrou-se de seu propósito ali e logo os músculos ficaram tensos! As unhas começaram a coçar a calça jeans, ele balbuciou à procura de como dizer...

— A senhora vai me desculpar, mas eu não trouxe o currículo, me desculpe. Esqueci.

A jovem arregalou os olhos, surpresa. Então emplacou outro tipo de sorriso e estendeu a mão sem o giz na direção do homem.

— Ah, claro. Larissa, muito prazer, meu querido. O... o senhor veio para a entrevista?

Amildo revelou o próprio nome e apertou a mão da moça com o que imaginava ser um bom aperto de macho. Ela não reclamou quando teve os dedos esmagados.

— Ouvi dizer que estão buscando um profissional novo, não é mesmo? Já encontraram? Eu sou o melhor nesse serviço. Sou rápido, ágil, já estou acostumado, tenho meu próprio equipamento.

— Ah, ótimo. Mas não é a mim que o senhor precisa convencer — disse Larissa. — O Seu Rosa avalia outros tipos de qualidade. Não precisa se preocupar porque a seleção não é como essas filas de emprego que se vê por aí, em que você passa horas sem comer, sendo testado. Como você se vê daqui a cinco anos? Quais são os seus piores defeitos? Não tem nada disso, não demora nada. Mas ele *avalia*.

Por dentro, Amildo agradeceu a Deus. Assentiu com um olhar quase perdido.

— E como é essa avaliação dele? Não sou bom em matemática.

Ele riu sozinho, a piadinha não colou. Larissa observou-o de cima a baixo, mais séria do que antes. Então antes de dar as costas, disse:

— Ele bate o olho e já sabe. Um minuto, verei se ele está disponível.

Dizem que a reputação de uma pessoa a precede. No caso de Seu Rosa, além da fama de ser um avaliador excêntrico, era precedido pelo perfume botânico. Luiza o viu passar pela porta da cabana vestindo luvas amarelas, um avental frontal e chapéu de palha. A coluna vertebral pendia um tanto para a frente, curvando-o de leve. A pele do rosto decorada com rugas e pontinhos ainda mais escuros. Portava um sorriso aberto, ainda que lhe faltassem dentes.

— Muito bom dia, rapaz — saudou Seu Rosa. — É você que procura o emprego?

Amildo ia dizer alguma coisa, mas as palavras se atropelaram na base da língua e caíram de cambalhota garganta adentro. Foi o olhar do velho. Olhos escuros, mas ao mesmo tempo brilhantes e profundos. Seu Rosa encarou Amildo como se pudesse examinar sua alma. O avaliado tossiu, perdeu o ar, esquecendo-se do que ia falar.

— Se a humanidade se preocupasse com a saúde do planeta, não teríamos chuvas tão prolongadas, não é mesmo? — disse Seu Rosa.

Amildo reparou pela primeira vez nos respingos de lama na barra da calça jeans. Pensou no quanto Luiza estaria igualmente suja. Outra vez não soube o que dizer.

— Já trabalhou em estufa alguma outra vez?

— Es... es... estufa? Não — respondeu Amildo. — Mas aprendo rápido. Qualquer coisa.

— E com o que trabalhou anteriormente?

A mentira veio na ponta da língua de Amildo. Pensou em dizer que usava Luiza para trabalhar com entregas de aplicativo, mas parecia-lhe errado mentir diante do velho.

— Na verdade, para ser bem sincero, nunca trabalhei com entregas, não, senhor. Mas tenho uma bicicleta de corrida e conheço a cidade como ninguém. Sou um bom candidato.

— Fuma?

— Moderadamente.

— Bebe?

— Nem uma só gota, senhor.

Seu Rosa apertou os olhos.

— Tem alguma boca para alimentar em casa além da sua?

— Não.

— Mas você ainda é um rapaz.

Luiza sentiu uma dor parecida com o beliscão de uma corrente enferrujada, embora nunca tivesse chegado a esse ponto. Conhecia seu dono e o padecimento que o perturbava. Dito e feito. Uma sombra perpassou o rosto de Amildo, que não escondeu o incômodo de seu avaliador.

— Não falo sobre esse assunto. É pessoal.

— Pessoal — repetiu Seu Rosa, balançando a cabeça de leve. Ainda avaliou o outro por um tempo. Por fim, retirou a luva da mão direita e estendeu-a com um sorriso que multiplicou as rugas em seu rosto. — Podemos começar amanhã. Você está aprovado.

Na manhã seguinte, Amildo marcou mais um dia no calendário antes de sair de casa, como sempre. Chegou no novo trabalho um pouco antes do horário combinado: atrasos nunca são bem-vindos no período de experiência. Pouco tinham acertado a respeito do serviço. Não assinava carteira, mas o salário fixo interessava, principalmente para quem estava parado há quase um ano, sobrevivendo das economias de uma rescisão atrativa.

Larissa tinha acabado de abrir a loja. Sem o sorriso ofertado no dia anterior, ela empurrou uma sacola para Amildo no minuto em que o celular tocou.

— Floricultura Alfazema, bom dia — disse ela. Afastando a boca do celular, ela sussurrou: — Seu material de proteção. O Seu Rosa te espera na estufa. Pode ir direto pela lateral. E leve aquela bicicleta pelo amor de Deus.

Amildo obedeceu em silêncio, contornando a cabana e conduzindo Luiza para um terreno gigante, incapaz de ser notado por meros pedestres na estrada. Escondida por muros, a propriedade de Seu Rosa poderia abrigar alguns campos de futebol. O chão se dividia em diferentes partes: terra batida, brita e grama silvestre bem aparada na maior parte.

Pequenas hortas e canteiros se agrupavam pelo quintal. No meio dele havia uma estufa, protegida por telas transparentes e sustentada por armações de aparência resistente. O teto de arcos curvilíneos se dobrava de uma ponta a outra, formando metade de um círculo.

Impressionado, Amildo apoiou Luiza próximo da entrada e checou a sacola presa em uma das mãos. Havia um par de luvas amarelas e um avental que ele também não vestiu.

Seu Rosa percebeu-o a distância e caminhou até a porta da estufa. Amildo mal se aproximou do velho e já foi dizendo:

— Bom dia, senhor. Deve haver algum erro. Tem um avental para mim.

— Bom dia, rapaz. Você dormiu bem? Tomou um café da manhã reforçado?

A tranquilidade de Seu Rosa constrangeu Amildo, que pigarreou e apertou a mão que o velho lhe estendia, dessa vez sem o aperto de macho.

— Costumo tomar só um cafézinho.

— Ah, mas essa é uma refeição tão importante quanto as outras. Nós oferecemos um bom café da manhã aqui. Você gostaria de...?

— Não, não, senhor. Eu sou mais focado no trabalho — disse Amildo.

A desfeita atingiu Seu Rosa, silenciando-o por alguns segundos. Amildo observou o terreno ao redor, procurando o que dizer.

— Ah, aquela ali é a minha bicicleta — Amildo apontou para Luiza, cheio de orgulho. — Conheço bem o bairro. Já tem encomenda de manhã? O telefone da dona tocou quando eu cheguei.

— Meu pai tinha excelentes mãos para a plantação — disse Seu Rosa. O olhar viajava para além do tempo. — Tudo o que ele plantava dava certo. Hortaliça, legume, verdura, fruta, até as mais difíceis, meu filho. Vou te falar, ele mesmo fazia o adubo com cocô de bicho. Não era igual tudo isso aqui. Você sabe por que isso acontece?

Amildo deu de ombros, incomodado.

— Sorte.

Seu Rosa mostrou os poucos dentes.

— Tu vai precisar de sorte se quiser voltar pra casa com a camisa limpa — disse ele. — Bota o avental. Vamos começar.

O novo empregado não ouviu a sentença com o mesmo bom humor. *Começar? Começar o que?* Olhou para a sacola outra vez: luvas e um avental. As peças não faziam sentido em sua cabeça.

— Eu sou entregador — Ele argumentou, percebendo que seu tom de voz havia sido muito bruto para um empregado. Tossiu. Amansou a voz. — Desculpa, senhor, mas é que... A vaga aberta é para trabalhar com entregas, certo?

— Ah, não, não precisamos de entregador. Estou contratando alguém para me ajudar na estufa.

Estufa? Amildo balançou a cabeça e recuou, um sorriso amargo desafeitando o rosto.

— Deve haver algum engano. Eu... Eu não sei nada sobre flores. Eu provavelmente vou botar fogo no seu negócio e matar tudo isso aqui.

— Não há como isso acontecer — disse Seu Rosa, mais plácido do que nunca. — Você *precisa* desse emprego e disse que aprende qualquer coisa rápido, não disse? Bota o avental. Vou te mostrar que é necessário muito mais do que sorte.

Já no primeiro dia, Amildo descobriu que Seu Rosa tagarelava mais do que um papagaio com um rádio na garganta. Logo começou a imaginar se aquele trabalho não seria mais um modo de alugar um bom funcionário capaz de ouvi-lo papaguear por horas e horas. Se não estivesse numa relação de trabalho, pro diabo com aquilo! Amildo nunca nem tinha visto outro cara falar com tanta naturalidade sobre problemas íntimos, muito menos num primeiro encontro. Para ele, parecia coisa de mulher.

Seu Rosa falou muito mesmo. Sobre a esposa para quem toda quarta-feira levava uma rosa diferente, sobre a filha que tinha se mudado para Orlando e nunca mais voltou, sobre a tristeza de ver os dois filhos seguirem suas carreiras longe do negócio da família...

— Esse avental aí era do Tadeu. O garoto não durou nem um mês aqui, e isso na terceira tentativa — dizia ele enquanto devolvia as garrafas de fertilizante orgânico para um carrinho de mão com a ajuda do novo funcionário.

— Não levava jeito? — perguntou Amildo. Mas queria mesmo era dizer: "Não aguentava te ouvir falar sem parar, inferno?"

O velho fechou a cara e, por um momento, Amildo achou que seus pensamentos haviam sido expostos de alguma forma.

— Não aguentou quando a dor chegou — disse Seu Rosa. — Ela sempre chega.

No dia seguinte, bem na hora de ir embora, a chuva resolveu cair forte. Amildo colocou Luiza para dentro da estufa e sentou-se ao seu lado, em cima de um caixote por mais de trinta minutos. A costas até reclamaram, mas para Amildo, a única dor até o momento tinha a ver com as lembranças do pai. Cada vez que Seu Rosa o ensinava algo a respeito do trabalho, sobre como a estufa protegia as plantas de pássaros e insetos ou sobre como o controle da luz solar e da temperatura tornava aquela opção de cultivo mais rentável e produtiva do que o ar livre, Amildo se recordava dos saberes do pai. Do pai escorregava para o filho, encaminhando-se para a ex-esposa. Nesse lago não podia mergulhar.

— Gosta da chuva? — perguntou Seu Rosa, também sentado sobre um caixote ao lado. Era a primeira vez que tinham ficado por tanto tempo em silêncio. Amildo gostava tanto do silêncio que às vezes esquecia de responder às pessoas. — Sua esposa faleceu ou te abandonou?

— É só profissional, Seu Rosa. Já falei.

— Por que não podemos ser amigos, meu filho? — perguntou o velho.

O som da chuva sobre a cobertura plástica da chuva reverberava por toda a estufa. Do lado de fora, os pingos do céu atiçavam o chão gramado e levantavam um cheiro que lembrava café com bolo de milho.

— Acho que você é menos bruto do que pensa — disse Seu Rosa com um meio sorriso.

— Só o senhor para acreditar que um homem como eu vá levar jeito pra cuidar de flor.

— Não tô falando de flor — disse Seu Rosa, espetando o próprio peito com um dos dedos. — Tô falando disso aqui.

Na semana seguinte, Amildo plantou pela primeira vez. Seu Rosa, um exímio professor, ensinou-o a separar os substratos, preparar o canteiro e plantar uma fileira de bromélias.

O aprendiz não quis dizer, mas há tempos não sentia o coração sorrir como naquele momento, tampouco os lábios. Nunca tinha prestado atenção em uma bromélia, uma planta um tanto bruta, mas ao mesmo tempo, delicada.

Na hora do almoço, passou quarenta minutos pesquisando diferentes tipos de bromélias no celular. Amarelas, roxas, guzmânias, zebras, vriésias. Descobriu a existência de mais de três mil espécies de bromélias, algumas tão esplendorosas que pareciam irreais.

— Na vida, tudo o que a gente planta, a gente colhe — disse Seu Rosa em determinado momento. — O tempo não importa. Pode até demorar pra colher, mas é uma lei da vida. O homem não tem controle sobre esse tipo de coisa.

Mais tarde, quando colocou a cabeça no travesseiro, Amildo se permitiu imaginar o que havia plantado para colher tanta solidão.

O que as flores são capazes de fazer com o homem que aprende a respeitá-las? O que eram as sementes que Amildo estava aprendendo a plantar nos canteiros do próprio coração?

Com o passar do tempo, Luiza se encheu de felicidade. Seu dono estava mudando. Três meses depois daquele primeiro dia conturbado, ela já não reconhecia o antigo ciclista de sempre. Ele aprendera a pedalar com muito mais leveza. A cantar em vez de assobiar. De vez em quando até dava bom dia para pessoas aleatórias, oferecendo gentilezas.

Agora aparava a barba às sextas-feiras e deixava Luiza em casa ao sair. Caminhava com as próprias pernas. Às vezes, passava no mercado e comprava ingredientes para reproduzir as receitas da Internet. De vez em quando fazia trilhas e levava Luiza para respirar na beira das cachoeiras. E na solidão daquele homem, negro, ela finalmente deu início às mais diversas histórias. Enquanto narrava os eventos do passado, ele gostava de aparar as unhas das mãos, pois elas cresciam muito rápido e atrapalhavam-no durante o serviço. Se ninguém estivesse olhando, ele esticava os dedos a alguns centímetros do rosto para avaliar seu trabalho. Seria zoado de bicha se repetisse o gesto na escola. Entretanto, sobre as quatro paredes de sua casa, ele se permitia fazer algumas "coisas de bicha" de vez em quando: levantava o dedo mindinho na asa da xícara, cruzava as pernas e, quando tomava um susto, às vezes, suspirava com uma voz mais aguda do que o normal. Então, olhava para Luiza e, com a mente, pedia para que ela permanecesse calada. Dizia para si mesmo que aquilo era normal.

Certo dia, enquanto podava as roseiras no terreno, Amildo sentiu uma pontada no dedo e reprimiu um gemido muito mais forte do que aqueles de quando se leva um susto. Ele arrancou a luva num instante e encarou o dedo indicador avermelhado, que latejava com ardência.

Seu Rosa correu na direção do funcionário com os olhos arregalados. Ao se aproximar de Amildo, puxou-lhe o braço e trouxe o dedo rúbeo a poucos centímetros do rosto.

— Tá sentindo o que? — perguntou o velho. — Diga! O que você sente?

O olhar do chefe assustava mais do que sua pressa. Amildo engoliu em seco, olhou para as roseiras. Certamente não havia furado o dedo, mas a dor era como se...

— Um espinho, Rosa. Deve ter entrado um espinho sem que eu percebesse — constatou ele. — Dói pra porra.

Então o olhar do velho avaliou-o como da primeira vez em que ambos se conheceram. Só que agora, Amildo o conhecia melhor. Aquele senhor tão sábio quanto tagarela tinha se tornado seu amigo de todas as manhãs e tardes, do cafezinho, dos saberes e das conversas mais profundas em que Amildo apenas ouvia, sem se aprofundar muito em si mesmo, jamais deixando as águas passarem dos tornozelos. E no olhar indecifrável de Seu Rosa, nas curvas de sua testa enrugada, nos lábios crispados e colados enquanto o velho preferia respirar apenas pelo nariz, Amildo reconheceu um vislumbre de tristeza. Os olhos do velho se encheram de lágrimas e quando ele falou, a voz podia até ter saído embargada, mas não dava espaço para que se pudesse contestar.

— Vá para casa. Amei trabalhar com você.

Luiza, feita para encarar pistas e correr por longas horas, logo cedeu ao pânico. Nunca havia permanecido parada por tanto tempo no meio da sala e agora começava a de fato se assemelhar ao piano de cauda disfarçado de objeto de decoração em uma mansão. Apesar dos pesares, o pior era, sem dúvida, ver toda a recém-saudabilidade de Amildo se esvair.

Naquela tarde, o homem não entendeu muito bem o tom de despedida em Seu Rosa. O olhar de quem queria dizer: "É uma pena. Você não está pronto para sobreviver a isso". Pedalou em silêncio até sua casa, já com dificuldades de segurar o guidão da bicicleta. À noite, o dedo ainda latejava, como se algo quisesse rasgar-lhe a carne. Na manhã seguinte, eram todos os dedos de uma das mãos coçando aos comichões, vermelhos feitos pimentões e inchados. Então, finalmente, a febre o derrubou. Ele mal saiu da cama. O medo rastejava-se pela beira do móvel como uma serpente. Medo de ir embora do mundo sem ter feito tudo o que gostaria. Medo de descobrir que, de fato, não sobrara mais nada de bom para colher da vida. Medo de não ter ninguém para se despedir. Medo de morrer sozinho.

Tentou se alimentar, beber água, tomar banho, fazer compressa de água fria na testa. Todavia, todos os dedos da mão machucavam absurdamente e a dor tornou-se insuportável, mesmo para um homem com menos de quarenta anos. Um compilado de aflições antigas marretavam-lhe a cabeça. Aí veio um som que ele já não ouvia há tanto tempo... Pensou até ser delírio...

A campainha tocou mais vezes. E, de repente, não havia nada que ele quisesse mais do que escancarar aquela porcaria de porta para aquele velho maldito. *Só pode ser aquele bruxo filho da puta*, pensou, enquanto arrastava-se pela pequena casa. *Veio arrancar o resto que sobrou da minha vida.*

Amildo não acreditava completamente nos próprios pensamentos, mas quando a vida está por um triz, os portões da realidade se abrem e as fantasias mais obscuras vêm correndo do limbo à tangibilidade. Assim, ao destrancar a porta, imaginou que veria um sorriso maquiavélico na boca do homem, ou quem sabe uma foice. Mas a imagem embaçada de Seu Rosa abraçado com um vaso de bromélias foi como um soco na boca do estômago expulsando as fabulações.

— Posso entrar? — perguntou Seu Rosa.

— Não com isso.

— Mas aqui está a cura — disse o velho, dando dois tapinhas no vaso.

Amildo fechou os olhos com força, como quem sente uma pontada na cabeça. Ainda bloqueando a passagem, levou quase um minuto para reunir forças e dizer.

— Foi por isso que o seu filho não aguentou? É por isso que ninguém para lá? São plantas venenosas.

Seu Rosa balançou a cabeça para os lados. Empurrando Amildo para um lado com gentileza, abriu espaço com facilidade. De seu canto, Luiza queria gritar e pedir socorro. O aroma botânico do velho em nada combinava com o que a casa de seu dono tinha se tornado nos últimos dias: suja, escura e revirada. As lâmpadas amareladas não davam conta de iluminar o local. Mas ainda assim, Seu Rosa forçou um sorriso, afastou uma camisa embolada sobre o sofá e apoiou a bromélia no colo ao se sentar.

— Tem cheiro de remédio. Aposto que você está se medicando por conta própria. Homens como você não gostam de depender das pessoas, mesmo quando elas representam a ciência.

Amildo bateu a porta e, mancando, largou o corpo sobre uma poltrona de frente para a única pessoa, além de Luiza, com quem tinha conversado nos últimos dias. Exibiu as mãos deformadas e puxou forças para dizer:

— Como que eu fico livre disso? — perguntou ele. O corpo tremia. A temperatura alta. O ódio incendiando-o por dentro e por fora. — Se você não falar, eu te levo para o inferno comigo.

Seu Rosa nada respondeu de imediato. Avaliou o homem por um tempo, examinou as feridas a distância, percebeu o quanto Amildo se esforçava para não encarar a bromélia em seu colo. De tão bela, a planta não parecia merecer entrar naquele lugar.

— Quer saber? Você está certo — disse Seu Rosa, por fim. — Planejei tudo isso pra você. Quero dizer, eu não sabia exatamente quando aconteceria. Achei que levaria mais tempo, mas você se deu muito melhor do que o esperado. Teve um bom progresso.

Amildo rangeu os dentes.

— Você é um matador maluco?

— Depende do ponto de vista, meu filho. Eu já te contei como meu pai morreu?

Luiza não sabia o que pensar. Ainda que o senhor não parecesse ofensivo, Amildo não teria forças para um ataque.

— Se não fosse o negócio, as flores e plantas, ele teria morrido muito mais jovem — continuou Seu Rosa. — A maioria dos homens são como flores que nunca desabrocham. Os que conseguem pagam o preço — disse ele.

Então, mexeu o corpo e passou a sentar na beirinha do sofá. Inclinou-se na direção de Amildo e diminuiu o tom de voz.

— Eu conheço o que você está provando, pois eu mesmo já provei. Você sente os espinhos por baixo da sua pele. Começou nos dedos das mãos, mas agora estão nos pés também, na cabeça, por todo o corpo. Você nunca sentiu infecção parecida e, no fundo, sabe que médicos não serão capazes de expulsar sua dor. Porque ela mora aí dentro há tanto tempo que ela só quer continuar morando em paz. Mas faz muito tempo desde que você sentiu paz, Amildo.

O homem dolorido estremeceu, se arrepiou. O mundo balançou na cavidade de seus olhos sedentos, mas eles eram áridos.

— Você plantou — continuou o velho. — Quando um homem entrega cuidado e delicadeza a uma flor, ele recebe isso de volta. Mas quando ele floresce, as estacas da carne gritam. Elas não querem que você se transforme. Toda mudança faz doer primeiro.

— Como eu me livro disso? — rangeu Amildo, a voz comprimida pela confusão de dores.

Seu Rosa olhou-o, corpo, alma e espírito, uma última vez.

— Se quiser voltar a ser como antes, bastará dizer isso para si mesmo — disse ele. — Agora, se quiser se conhecer e se libertar, só há uma forma de sobreviver, meu amigo. *Chore suas mágoas.*

Então Amildo deixou o peso das pálpebras fechar seus olhos por um tempo, decepcionado, pois não sabia como fazer.

Seu Rosa deu uma volta na casa, abrindo cortinas e janelas para deixar alguma brisa entrar. No banheiro apertado, ele encontrou uma banheira vazia e acendeu duas velas. Salpicou-a com os sais que carregava no bolso e posicionou a bromélia no canto da banheira. Não se despediu com palavras ou gestos, apenas fez um carinho em Luiza e partiu.

Amildo ansiava pelo fim. Não queria dar ouvido a um maluco ou a tamanhas esquisitices, mas a dor em sua carne era demais. Sendo assim, ele foi até o banheiro, lavou o rosto. A banheira vazia pareceu convidá-lo e ele entrou, deitou-se e esperou.

Nunca tinha ouvido falar de uma doença cujo antídoto seriam lágrimas. Mas supondo que estivesse delirando e que essa fosse a única forma de alcançar a cura, então talvez devesse encarar a bromélia. E quando o fez, foi invadido pela sensação de estar se olhando em um espelho. Ele não sabia traduzir ou mensurar o sentimento que gargarejou em seu peito, mas ao mesmo tempo, os espinhos dentro do corpo latejaram ainda mais, pulsaram com toda força, uma dor que atingia a medula e quase arrancava a alma do corpo.

Amildo firmou os olhos na direção da flor da bromélia. Parecia-se muito com a que ele havia plantado, mas agora, no centro, a flor de tons amarelos e laranjas brilhava como o sol. Amildo gritou por socorro para si mesmo, em silêncio, com um resto de esperança. E então, por um momento de glória, ele viu. Em uma sala pequena e aconchegante, a família brincava de mímica. Todos estavam ali. Yago, agora aos dezessete anos, tocava uma guitarra imaginária, movendo-se como um astro de rock. Luiza, a primeira Luiza, sua ex-esposa, apontava e gritava nomes. Um homem grande e forte tentava tapar a boca dela e falar primeiro. Yago movimentou a cintura como Elvis Presley. Luiza e o homem acertaram juntos e provavelmente começariam a discutir quem acertou primeiro, se não tivessem caído na gargalhada. Yago, uma cópia sua da adolescência, agora movia as pernas pra lá e pra cá, segurando um microfone imaginário e inventando uma canção qualquer. Do lado de fora, o abrilhantado luar não podia ser capaz de sorrir tanto quando aquela pequena família. Então Amildo soube: eles estavam bem. A mulher que desistiu dele. O filho que nunca mais voltou. Os sorrisos que nunca mais viu.

Uma vez mais, Amildo contemplou a flor da bromélia e finalmente sorriu. Os sorrisos da antiga família, de modo quase contraditório, apertaram-lhe o coração e, ao mesmo tempo, encheram-no de uma nova tranquilidade, liberaram-no para um novo começo. Quem sabe agora sem a máscara pesada que costumava carregar.

Nos últimos dias, as flores o trouxeram à vida. E, de repente, Amildo se deixou invadir pelo desejo desesperado de retornar à estufa, revisitar suas novas amigas, tomar um cafezinho com Seu Rosa e observar a chuva lavar a terra.

Não provava uma gota de álcool há 405 dias, e talvez fosse viver mais 405, ou mais, muito mais.

Na banheira repleta de água, Amildo só acordou no outro dia pela manhã. No corpo inteiro, hematomas lembravam picadas de inseto. No fundo da banheira, espinhos esbranquiçados lembravam arroz. Talvez fossem suas mágoas expurgadas. Talvez fossem suas lágrimas transbordadas.

Luiza, encostada, no canto da sala, agora não era mais o piano de cauda de Amildo. Nem Luiza ela se sentia mais: o nome que nunca lhe pertencera a abandonara de vez. De Luiza, ela só tinha o erro de ser o que nunca pôde ser. Mais de 405 caminhos a esperavam para serem percorridos. Amildo agora sabia disso e florescia, respirando aliviado com o novo nome que a bicicleta poderia ter. Quem sabe o nome de alguma **f l o r**.

agrade cimentos

Eu tinha mais de vinte anos quando descobri que podia perdoar meu pai plenamente por todas as mágoas que ele havia imprimido dentro de mim. Ainda me lembro da primeira e única vez que eu disse a ele o quanto o amava. Na verdade, escrevi uma carta e tremi de pavor ao entregá-lo. Durante anos, questionei sua ausência em minha criação, mas hoje posso entender que, antes de discutir paternidade, é necessário refletir sobre o quanto um homem negro e periférico sofre para chegar com vida aos trinta. Aprendi poucas coisas com o meu pai, mas, dentre elas, está uma muito interessante, que me fez chegar em lugares incríveis: a capacidade de se adaptar a qualquer ambiente e não medir esforços para sonhar com novas ideias. Eu nunca pensei que agradeceria ao meu pai em um livro, mas, velho, chegou a sua vez. Obrigado por me fazer existir. Caso você leia isto algum dia, eu amo o senhor. E, mãe, não fique com ciúmes. Eu te amo mais, haha.

Alguns anos atrás, um amigo chamado Mateus me fez uma pergunta tão poderosa que reverberou em todas as partes da minha história: "O que é ser homem?". Essa foi a questão que me rendeu um livro, não é mesmo? E, sim, pretendo deixá-la ecoar pelo resto da minha vida.

Na minha trajetória de criança à fase adulta, a resposta para essa pergunta esbarrou nos mais diversos aspectos da minha vida, mas confesso que, em sua grande maioria, a resposta sempre apontava para as seguintes afirmações: "ser homem é o contrário de ser mulher" ou "ser homem é não ser mulher". O que talvez caiba aqui é dizer que, hoje, ser homem é ser livre para ser o ser humano que eu quiser, desde que seja justo, verdadeiro e respeitoso.

Sofro pelo esforço que fiz ao tentar me distanciar do protagonista do meu primeiro livro. A ele atribuí características específicas, na ingênua tentativa de fazer com que as pessoas não ouvissem minha própria voz narrando aquela história que tanto me expunha. Pobre Volp! Se ontem você tinha medo de parecer vulnerável, hoje, com este livro, vulnerabilidade é tudo o que você é. Agora, sua fragilidade brilha a real força da sua masculinidade. Galera, o tempo é um deus. Escrevi *Homens pretos (não) choram* em um processo de reconstrução. Minhas histórias, traumas, esperanças, desejos e sonhos foram despedaçados, retalhados em páginas simbólicas, na expectativa de que outros homens encontrem identificação, reflexão e coragem. Sobretudo, homens negros.

Fantz Fanon, um psiquiatra e filósofo abolicionista, observador da psicopatologia da colonização, escreveu uma prece que dizia o seguinte: "Ó meu corpo, faça sempre de mim um homem que questione". Foi isso o que fiz e quero continuar fazendo. Recomendo fortemente.

O lançamento de *Homens pretos (não) choram* me possibilitou estabelecer contato com pessoas em diversos lugares do meu país, e eu gostaria de agradecer a cada um de vocês que tornaram esse sonho possível.

À HarperCollins, essa editora que posso chamar de casa, meus agradecimentos. Raquel e Malu, obrigado por acreditarem na minha voz e na importância desta obra.

Às mulheres que apoiaram a campanha de financiamento coletivo da primeira edição, toda a minha gratidão. Respeito, admiro e aprendo com a força que exala de vocês. Conto com isso para me tornar um homem melhor.

Aos homens em busca de uma reconstrução baseada numa nova mentalidade, aqui estamos nós. Obrigado por confiarem a mim a chance de produzir algum material capaz de colocar à prova tudo aquilo que nós somos. Também conto com vocês.

E, finalmente, aos homens negros que, como eu, continuam em busca de liberdade, o maior agradecimento que eu poderia fazer. Nossas marcas nos levarão ao mais profundo autoconhecimento e, sem medo de ser quem somos, transformaremos nossa realidade.

Nossas vidas importam.

Agradeço a quem nos deu a vida.

O FUTURO É PRETO.

agradecimentos especiais aos apoiadores do financiamento coletivo, que viabilizaram a publicação da primeira edição deste livro

Adriely G. de Carvalho // Adryan Chrystian P. Santos de Sousa // Alan da Silva //Alba Regina Andrade // Alessandra Morales // Alessandra Santos Chagas // Alexia Spelta Colombo // Alice Sobral e Sica // Aline Aparecida Matias // Alyne Rosa // Amanda Avelar Pereira // Amanda Bertaglia // Amanda Marinho // Amanda Massuretti // Amanda Melaré // Amilton Baracy // Ana Boneira // Ana Carolina Linares Alencar // Ana Carolina Oliveira Machado // Ana Carolina Ribeiro de moraes // Ana Cláudia Pereira Lima // Ana Cravid // Ana Cristina Rodrigues // Ana Lucia Braga Maciel Vinagre Filha // Ana Paulada Moreira // Ana Soeiro // Anderson Luciano Negreiros da Silva // Anderson Severiano Gomes // André Alves // André Bortoletto da Costa // André Caniato // Andre Couto // André Gomes Pereira // Andressa Sales // Ane Winter // Angela Zatta // Angélica Janones Silva // Angélica Janones Silva // Ângelo Belletti // Anita Cristina de Jesus // Anna Paula Feliz Teixeira //Antonio Carlos M. M. Filho // Ariane Felipe // Arquias Sófocles //

Arthur Pereira dos Santos // Barbara Velloso // Beatriz Galindo Rodrigues // Beatriz Sant Anna Mello Silva // Beliza Coelho // Benaia Amanda de Oliveira // Bia Rezende // Bianca Zardi Camacho // Brenda Oliveira Coutinho // Breno Soares // Bruna Alves Jovem // Bruna Montanari // Bruna Santos // Bruna Souza // Bruna Traversaro // Bruna Wandeley Boucinha // Bruno Pinheiro Ivan // Bruno Santos Luciano da Silva // Caio de Oliveira Marques // Caio Souza Bastos dos Prazeres // Caio Souza da Silva // Camila Nishimoto // Camila Pelegrini // Carlos Alexandre Rodrigues Pereira // Carlos Diogo // Carlos Eduardo Lage Fernandes Miranda // Carlos Feliciano Cardoso // Carlos Henrique // Carlos Henrique F. de Amorim Santos // Carol Oliveira // Carolina Cardoso Ribeiro // Carolina Ramos // Carolina Tavares de Figueredo Lima // Caroline Anice // Caroline C. de Alencar // Caroline Dias Gabani // Caroline Macedo // Cassia Silva // Cesar Lopes Aguiar // Cezar Reis de Oliveira // Charles Agostinho // Cibele Louise Pruner Frahm // Cíntia Conceição Aureliano // Cláudia Cruz Machado // Claudia Missailidis // Claudineia D // Dai Bugatti // Daiana De Souza Andrade // Dango Yoshio // Daniel Prestes da Silva // Daniela Bogoricin // Daniela Lilge // Daniele Lopes de Arruda // Danielle Linhares // Danilo Cabral // Dawton Valentim // Débora Suzan // Débora Bitencourt Borges // Débora Teixeira // Deivid Olivato // Denis de Sousa tosta // Denise Flaibam // Denys Schmitt // Di Toledo // Diana Dall'Ovo // Diane Menezes // Diego Canto Macedo // Diego Henrique Faustino Carriel // Diego Santos Caetano // Dinah R. Dantas Silva // Douglas Silva Souza // E. M. Z. Camargo // Edgar Augusto Krüger de Oliveira // Eduarda Syndre // Eduardo Henrique // Elaine Esteves // Eliana Alves // Eliana Alves // Elias Roma Neto // Eliel Carvalho // Elita Gomes // Elke Santana Souza // Éllen Akemi Cepaluni Luna // Ellias Matheus // Elyas Nascimento da Silva Macedo // Emile Brito // Eric Novello // Érica Aragão Menezes // Érica Imenes // Érika da Silva Souza // Érika Pereira Stocher // Ester da Silva Bastos // Euler Lula da Silva // Evelyn Cardoso // Everton Ferreira // Fábio Elyseu Júnior // Felipe Costa // Felipe Cunha // Felipe Gomes // Felipe Vieira Carvalho // Fernanda Bandeira // Fernanda Nogarotto // Flavia Monte // Frank De Sá // Gabriel Farias Lima // Gabriel Fonseca // Gabriel Guedes Souto // Gabriel Querino Heleno // Gabriel Quintanilha Torres // Gabriel Tavares Florentino // Gabriela Camargo // Gabriela Dallagnolli // Gabriela Matias // Gabriela Nunes // Gabriela Ribeiro // Gabriella de Jesus Moreira // Gautier Lee

// George Pedrosa // Gerusa Cabral // Giddeao Gasparini Silverio // Gideoni Salviano da Silva // Gildervan Soares // Giovani Rocha // Giovanna Jambersi // Giovanna Veloso de Albertin // Giulia Motta // Glauco Figueiredo // Gleidistone Silva Gleyson // Gracilene Firmino // Guilherme Ferreira Aniceto // Guilherme Wille Coelho // Gustavo Bicalho Guimaraes // Gustavo Jansen de Souza Santos // Guttho Lekan // Hailanny Souza // Hanna Loureiro // Hanny Saraiva // Heber de Souza // Helden Almeida // Helena Van Gogh // Hellen Akemi Hayashida // Herison Piza // Heslander Gonçalves // Higgor Vioto // Hugo Canuto // Hugo Lopez // Icaro Valentin // Igor Gonçalves // Igor Maia Araújo // Igor Medeiroz // Igor Pires // Igor Serrano // Ingrid Ketlen // Isabel Macedo // Isabela de Paula Ribeiro // Isabela Graziano // Ivan Abduch // Ivan Felipe Payerl // Ivan Gonzaga Rabello Brant // Izidio Junior // Jaciara de Jesus Lemos Oliveira // Jailton L. Silveira // Jaime Filho // Jamile Raimundo // Janaina Delboni // Janaina Felix // Janderson Soares Silva // Jandesson Oliveira // Janine Pacheco Souza // Jardel Maximiliano dos Santos // Jayla Fernandes Lima // Jeferson Silva // Jefferson Alcântara // Jeiny July Santos Oliveira // Jéssica Souza // Jessica Juliana // João Antonazzi // João Guilherme Rodrigues Galdino // João Pedro Goulart // João Santos // João Victor Botelho // João Niella // Josafah Ribeiro // José Mailson de Sousa // José Paulo da R. Brito // Josue Ribeiro // Juan Victor Gonçalves // Julia Mel Siqueira Soares // Julia Teixeira Bernardi // Julian Vargas do Amaral // Juliana Rodrigues // Juliana Dias de Lima // Juliana Ferrão // Juliana Sobreira Catalão // Julianna Pimenta // Kaique Luis Santos // Kamila de Oliveira Guimarães // Karina Silva de Oliveira // Karmaleão // Kássio Alexandre Paiva Rosa // Katia Cristina Fagundes Faria // Keturiny Fernandes M. Rezende // Keylla Aguiar // Kleiton Silva Santos // Klenio Antônio Sousa // Lady Sybylla // Lais Pitta Guardia // Lara Daniely Prado // Lariessa Santos // Larissa Batista Melo // Larissa Martins // Larissa Rosa de Oliveira // Larissa Senigali // Larissa Serpentini de Souza // Laura Soler // Leandro Freitas // Lediane C. Souza // Lediane C. Souza // Lee Rezende // Leo Oliveira // Leo Silva // Leo Yu Marins // Leonardo Avelar // Leonardo David // Leonardo Rabelo // Lethycia Dias // Letícia Albuquerque // Liliane Ribeiro de Almeida // Livia Pereira Barbosa Melo // Lívia Prado // Livian Pereira Santos // Lorena Darlem // Lorenna Farias // Lorraine Perillo // Lucas Arruda Araujo // Lucas Campos // Lucas Cardoso Miquelon // Lucas da Anunciação Abreu // Lucas de Souza de Moura // Lucas

Ferreira Santos // Lucas Francisco Fogaça // Lucas Melhado // Lucas Miranda // Lucas Moura da Silva // Lucas Tezotto // Luciana Vieira Cobra // Luciano Rodrigues Nascimento // Lucio Pozzobon // Luis Fernando dos Santos // Luis Izu // Luiz Abreu // Luiz Eduardo Alcantara // Luiz Marinho da Silva // Luiz Paulo Souza // Luiz Rezende // Luiz Tiago de Paula // Luiza Barreto // Luiza Barreto // Luiza Salmazo Posi // Luma Chrystello // Maíra Oliveira // Marcela Ribeiro // Marcelo Maciel // Marco Aurélio da Conceição Correa // Marcos Alexandre // Maria Clara Nunes // Maria Luiza Cavalcanti // Mariana Bortolotti Capobiango // Mariana Corrêa de Oliveira Carlou // Mariana Corrêa de Oliveira Carlou // Mariana Corrêa Pereira // Mariana Costa // Mariana Dutra Della Justina // Mariana Lima Ferreira Santana // Mariana Magrini // Mariana Mendes Lopes // Mariana Pairé Rosa // Mariana Pereira Barbosa // Mariana Rocha // Mariana Veil // Marilene Costa de Morais // Marina Avila // Marina Gabriela de Oliveira // Marina S. L. B. de Castro // Marisa Kerchner DA Silva // Martha Gevaerd // Marton Olympio // Marwyn Souza // Mary Judith de Paula // Mateus de Araújo Glaciliano // Mateus Eduardo Roza Pereira // Mateus Mattos // Mateus Mendonça // Mateus Pasinatto Scopel // Matheus Goulart // Matheus Hartmann de Lemos // Matheus Maciel // Matheus Rodrigues Niemeyer // Mayara Mota Tashiro // Mayra Brandão Bandeira // Melina Souza // Melissa Manhães // Merelayne Regina // Mia GB // Michael Gomes da Silva // Miguel Cela // Miller Souza Oliveira // Mirella Rodrigues Pereira // Mirian Lima de Souza // Misael Mendes // Moara Abbayomi // Mohara M. Villaça // Moises Henrique Longo Oliveira // Mônica Júnia Guimarães // Murillo Mazzo // Nádia Prado // Narryman Züge // Natalia Carvalho Silva // Natalia Rocha // Natanael Silva // Nathalia Borges dos Passos // Nathalia de Lima Santa Rosa // Nathalia de Lima Santa Rosa // Nathália Novikovas // Nicolas Abreu Silva // Nina Albuquerque // Nycolle Antonio // Pablo de Moura N. de Oliveira // Pablo Roxo // Pablo Teixeira // Pagu Carol Barros // Pamela Almeida // Pamela Lycariao Alonso Gomes // Pamela Raiol Rodrigues // Pamella Bezerra Guedes // Patrícia Ferreira da Silva // Patrícia Ferreira Magalhães Alves // Patricia Iasmim Chaves Travassos // Paulo duSanctus // Paulo Nonato // Paulo Oliveira // Paulo Pholux // Paulo Ricardo // Paulo Sergio // Pedro Felicio Silva de Cerqueira // Pedro Figueiredo // Pedro Henrique Ferreira Lobão // Pedro Henrique Piras // Pedro Ivo // Pedro Riguetti // Polyana Noll D. Ferreira // Queisse Ximene // Rafa

Assunção // Rafael Campos de Souza Lima // Rafael Cruz // Rafael da Silva Pinto // Rafael M Sens // Rafael Rios Ribeiro // Rafael Weiblen // Rafaela de Paula // Rafaela Maria de Oliveira // Raísa Gondim Viegas // Raissa Gabrielle da C. Andrade // Raissa, Raiane e Graciano // Raphael Erichsen // Raphaelle Cristina Silva // Raquel Sant'Anna // Raquel Soares do Amaral // Rayane dos Anjos Samico // Rayza Gomes // Rebeca Pires // Rebeca Nunes Jacinto de Araújo // Renan Bussi Machado // Renata Brito // Renata Cybelle // Renata Gaui // Renata Miguel Chami Rollemberg // Renata Veiga // Ricardo Melchiades // Rick Trindade // Rita de Cássia S. de Lima Silva // Roberta Prevedello // Roberto Rodrigues Costa // Robson Muniz de Souza // Rodrigo Bobrowski // Rodrigo Fernandes Nogueira // Rodrigo Machado // Rodrigo Manaus // Rodrigo Pereira Alves // Roger S. // Rogério Duarte Nogueira Filho // Ronan Lima // Rosângela Ferreira da Costa // Rosilene Imaculada de Souza // Rubens de Souza // Samara Santos Simas // Sandra Menezes // Sebastián Castro // Séfora Oliveira // Silvia Calheiros Strass // Silvia dos Santos Pereira // Simone Cruz dos Santos Mota // Simone Saty Sampe // Sophia Carregal // Stefany Palma Portugal // Stella Marys Braga Roque // Stephany de Alvarenga Cardozo // Suzana Maria Moreira M de Novais // Tainá Cristina // Tainá Sousa Santos // Taissa Reis // Talles Magalhães // Tarik Silva // Tayna Junia // Thais // Thais Botrel Reis // Thaís Miranda Cesar // Thais Rosa // Thaissa Azeredo // Thamiris Cardoso // Thamyres Macena // Thiago Alvs // Thiago Carvalho // Thiago de Macedo Bartoleti // Thiago Lino // Thomás Vieira // Thomaz Geronimo Do Nascimento // Tuca // Valdir Davi // Valéria Aparecida Dias Vilela // Valquíria Vlad // Valter Roza // Vandir Ferreira Monteiro Neto // Vanessa Eusebio Santos // Vanessa Reis // Vasti Gomes Alves // Victor JC // Victor Toscano // Victória D'Aurélio // Vinícius Sáez // Vitor Lopes Leite // Vitor Rocco Torrez // Vitória Fonseca // Vitória França de Almeida // Welingtom Soares // Wellington Pugirá // Wenceslau Teodoro Coral // Wesley Rosa // Willian Meira // Yan Peruzzo de Castro // Yan Rafael Gillet // Yasmin Jardim Moreira // Yasmin Wilke // Yudi Ishikawa // Yuri Sampaio // Zé Alan.

Stefano Volp é escritor, roteirista, tradutor e produtor editorial, mas define a si, essencialmente, como um contador de histórias.

Idealiza o Clube da Caixa Preta, um clube de leitura online com resgate de contos clássicos escritos por autores negros nos últimos séculos.

Volp também escreve para veículos como a revista *Veja* e *Folha de S.Paulo*.

Dados Internacionais de Catalogação na Publicação (CIP)

V896h

Volp, Stefano

Homens pretos (não) choram / Stefano Volp. — Rio de Janeiro :
HarperCollins, 2022.

224 p.

ISBN 978-65-5511-331-0

1. Contos brasileiros 2. Racismo - Negros - Contos I. Título

CDD B869.3
CDU 82-3(81)

21-5672

Angélica Ilacqua CRB-8/7057

Este livro foi impresso pela Santa Marta,
em 2024, para a HarperCollins Brasil.
O papel do miolo pólen bold 70g/m²
e o da capa é couchê fosco 150g/m².